Fios de Sangue: O Assassino

Para:

Fios de Sangue: O Assassino

Fernanda Guedes

Fios de **S**angue: **O A**ssassino

São Paulo – Brasil

Março de 2025

Edição: Sergio Antonio Meneghetti

Capa: Sergio Antonio Meneghetti

ISBN papel nº 978-65-01-38438-2

Impresso em português

Dados Internacionais de Catalogação na Publicação (CIP)
(Câmara Brasileira do Livro, SP, Brasil)

```
Guedes, Fernanda
   Fios de sangue : o assassino / Fernanda
Guedes. -- Pindamonhangaba, SP : Ed. da Autora,
2025.

   ISBN 978-65-01-38438-2

   1. Ficção policial e de mistério (Literatura
brasileira) I. Título.

25-259756                                   CDD-B869.93
```

Índices para catálogo sistemático:

1. Ficção policial e de mistério : Literatura
        brasileira   B869.93

Aline Graziele Benitez - Bibliotecária - CRB-1/3129

Dedicatória:

"Aos que vivem intensamente, sonham sem limites e se encontram entre as páginas."

Fios de Sangue: **O A**ssassino

Sumário

O Começo da Investigação.................................13

O Culpado Perfeito 19

O Erro no Tabuleiro..21

O Som do Alarme 25

O Assassino Capturado 29

A Verdade nas Palavras 33

A Soltura de Roberto 37

O Retorno das Sombras....................................39

O Testemunho Silencioso 43

O Depoimento de Marina 45

O Retrato Falado 49

O Retrato Falado na Mídia...............................55

Desafios na Investigação 59

Rumo ao Abismo..61

Entre Taças e Confissões.................................63

A Proximidade do Perigo.................................67

O Silêncio de Laura 71

A Pista que Desafia..75

A Pressão e a Pista Crucial 79

O Rosto do Monstro..83

A Captura... 87

Primeira Descoberta — O Passado de Mark (Vincent Ferreira)
.... 89

O Preço da Confiança... 93

Análise Psicológica — O Simbolismo do Cabelo...................... 95

A Vitória de Quem Perdeu... 97

O Julgamento de Vincent Ferreira.....................................103

O Fim de Vincent?...107

O Colecionador de Fios: Serial killer Sem Limites...................109

Final: Ecos de um Monstro..111

Sobre o Autor 115

Sinopse

"Fios de Sangue": O assassino

É um thriller psicológico que mergulha nos recantos mais sombrios da mente humana, onde o mal se disfarça de normalidade. Uma cidade chamada **Valbrück** se torna alvo de ocorrências sinistras. Quando a investigadora Laura enfrenta o caso de um serial killer implacável, ela se vê envolvida em um jogo psicológico com um criminoso astuto que deixa pistas e provocações, tanto no crime, quanto nas pessoas que o perseguem.

Enquanto Laura tenta lidar com seus próprios sentimentos conflitantes em sua relação afetiva, ela é desafiada por um assassino que não apenas mata, mas também manipula, tornando-se uma presença constante e ameaçadora em sua vida. A cada novo desaparecimento e cada nova pista, ela é puxada para um abismo psicológico que ameaça consumir, não apenas a sua razão, mas também sua vida pessoal.

Quando o mistério finalmente parece se resolver, a revelação de que o verdadeiro assassino é um homem com um passado conflitante, coloca Laura frente a um dilema angustiante. A justiça não se concretiza da maneira que todos esperavam, e a verdade por trás do (de um Serial killer), será mais perturbadora do que qualquer um poderia imaginar.

Prólogo

A chuva castigava a pequena cidade de Valbrück, como se tentasse lavar seus pecados, mas nem mesmo as gotas incessantes poderiam apagar o horror daquela cena. No coração de um parque sombrio, iluminado apenas pelo lampejo intermitente dos postes de luz, um corpo jazia em perfeita imobilidade.

Em uma rua de pedras antigas e uma arquitetura gótica, estava lá o corpo de uma jovem mulher, com os cabelos meticulosamente cortados, mais lembrava uma obra de arte macabra. A cada mecha, parecia haver um cálculo, um significado que desafiava qualquer lógica convencional, sem contar em grande parte do cabelo que faltava das vítimas.

A polícia, perplexa, enfrentava o mesmo pesadelo pela quarta vez. A mídia, voraz por histórias chocantes, já tinha dado um nome à entidade que assombrava suas manchetes: um serial Killer.

Na escuridão, o narrador nos conduz, mas não como uma testemunha neutra. Ele nos transporta para dentro da mente do criador dessa obra grotesca, revelando a obsessão do assassino por controle, simetria e beleza. Para ele, a morte não era o fim, mas a transformação de uma vida comum em um legado estético.

E, naquela noite chuvosa, enquanto o sangue se misturava à lama e à água, a cidade inteira sentiu que a tempestade estava longe de terminar.

Capítulo 1

O Começo da Investigação

A chuva fina ainda caía quando Laura Mendes estacionou o carro ao lado da fita de isolamento amarelo. Era madrugada na cidade, o parque, com suas árvores altas e sombras alongadas, parecia um cenário tirado de um pesadelo.

— Detetive Mendes, estão enviando um investigador para auxilia - lá

— Disse um jovem policial ao levantar a fita para ela passar, ele parecia aliviado por vê-la, como se sua chegada trouxesse alguma ordem ao caos.

Laura acenou com a cabeça e ajustou o casaco, protegendo-se da garoa, e caminhou até o centro da movimentação. Focos de luz fortes iluminavam o gramado úmido e a lama ao lado, e ao redor, técnicos forenses coletavam evidências com precisão clínica. O cheiro de terra molhada misturava-se ao leve odor metálico que Laura, com anos de experiência, reconhecia imediatamente.

O corpo da vítima estava com um cuidado perturbador. A jovem, aparentando pouco mais de vinte anos, tinha o rosto sereno, quase como se estivesse dormindo. Mas o que prendia a atenção de todos eram os cabelos cortados e parte deles que não se encontrava na cena do crime.

— Meu Deus... — murmurou Laura ao se aproximar.

Os fios, cortados com uma precisão cirúrgica, estavam organizados em círculos concêntricos ao redor da cabeça da vítima. Era como se o assassino tivesse usado o corpo dela como tela para sua própria perversão artística. Ao lado, um pequeno pente de madeira estava parcialmente enterrado na lama, como uma assinatura deixada para ser encontrada.

Laura analisando a cena do crime se depara com um rapaz, loiro dos olhos verdes claros exalando simpatia ao cumprimentá-la.

— Boa noite, quarta vítima confirmada — disse Gael estendendo sua mão em direção a Laura.

— Sou Gael seu novo parceiro, e estou aqui para ajudá-la no que precisar", falou Gael caminhando em direção ao legista Henrique que terminava de tirar as últimas fotos.

Henrique olhou para Laura e Gael com os olhos cansados e disse — Estava lendo os relatórios na semana anterior e são os mesmos padrões: cabelos cortados, parte deles faltando e disposto de forma geométrica.

Laura respirou fundo, ainda estava se acostumando com o novato, e também, pela situação em que se encontrava, seu estômago deu um nó. Ela sabia que o caso estava se tornando um espetáculo com a mídia ávida por detalhes escabrosos. Mas, para ela, isso era mais do que um quebra-cabeça para resolver; era uma corrida contra o tempo para impedir que mais vidas fossem tiradas.

Ela se agachou ao lado do corpo, estudando cada detalhe. Sua mente, treinada para observar o que os outros não percebiam, começou a processar a cena. Algo ali parecia... diferente.

— Alguma testemunha? — perguntou Laura sem tirar os olhos da vítima.

— Nenhuma até agora. O parque estava vazio por causa da chuva. Um pedestre que transitava aqui perto viu o corpo — respondeu Henrique.

Laura assentiu, mas sua mente já estava longe. Ela sabia que cada crime contava uma história e que, se olhasse com atenção suficiente, poderia decifrar o que o assassino estava tentando dizer.

Mas havia outro peso que Laura carregava. Cada caso parecia roubar um pedaço de sua alma. Ela sabia que a busca pela justiça tinha um custo, e o dela era alto: noites insones, refeições perdidas e uma solidão crescente que ela tentava ignorar.

Enquanto a equipe continuava seu trabalho ao redor, Laura ficou ali, em silêncio, encarando o padrão dos cabelos.

— O que você quer me dizer? — Sussurrou, como se falasse diretamente com o assassino.

A chuva fina persistia, e Laura sentia que aquilo era apenas o início.

Laura Mendes começava a traçar o perfil do assassino. O modus operandi indicava alguém meticuloso, obcecado por detalhes e com uma possível ligação ao mundo da estética. Era alguém que observava suas vítimas de perto antes de agir, ganhando sua confiança.

— Ele é cuidadoso, paciente. Isso não é impulsivo — disse Laura ao colega. — Quem quer que seja, está jogando com a gente.

As pistas começavam a se alinhar, mas ainda estavam longe de terminar.

O Desaparecimento de Marina.

No mesmo dia, um novo caso chegou à delegacia, aumentando ainda mais a tensão. Marina Oliveira, de 22 anos, havia desaparecido na noite anterior. Ela era estudante de Arquitetura e muito querida por seus amigos e familiares. Seus pais, Ana e Paulo, chegaram desesperados à delegacia pela manhã.

Ana segurava uma fotografia recente da filha, com um sorriso brilhante, que parecia ainda mais doloroso à luz do momento. Sua voz tremia enquanto explicava a situação ao policial na recepção:

— Minha filha não voltou para casa. Ela saiu com as amigas ontem à noite e... simplesmente desapareceu.

Paulo tentava acalmá-la, mas o olhar em seus olhos traía o medo crescente.

O policial fez perguntas rápidas:

— Onde ela foi vista pela última vez? Ela estava com quem?

— Elas foram para um bar na Avenida Central, o "Bluemoon". Uma das amigas disse que Marina pegou um táxi sozinha por volta da meia-noite, mas ninguém a viu depois disso.

O policial registrou o boletim, mas alertou que seria necessário esperar 24 horas para iniciar uma investigação formal. As palavras, embora protocolares, soaram como uma sentença de impotência para Ana, que não conseguiu conter o choro.

Laura foi informada do desaparecimento enquanto analisava os relatórios. O nome e os detalhes do caso a deixaram inquieta. Marina era jovem, estudiosa, e o fato de ter desaparecido após sair sozinha fazia com que o caso ecoasse um padrão já familiar.

Ela decidiu visitar o bar onde Marina foi vista pela última vez. Mas lá não havia nenhuma novidade, olharam as imagens de 4 câmeras que tinha no estabelecimento, mas por fora do prédio não havia câmeras, somente o testemunho dos seguranças que não apresentou nada de concreto. Laura em seu íntimo, temia que aquele fosse o próximo elo em uma corrente macabra.

Capítulo 2

O Culpado Perfeito

Gael analisando junto com a equipe está convicto que encontrou o assassino.

— Temos um padrão claro — disse Gael, apontando para as fotos no quadro.

— Roberto Mendonça tem um histórico de violência, esteve perto de pelo menos duas das vítimas e não tem álibi sólido para as noites dos desaparecimentos, está mais que na cara de que ele está escondendo algo.

Ele só não nos confessou ainda porque está ganhando tempo, vamos acabar o perdendo e o alertando para uma possível fuga – disse Gael.

Laura observava tudo em silêncio... algo dentro dela não parecia certo.

— E o cabelo? — perguntou ela, interrompendo Gael. — Há alguma evidência de que ele tenha habilidades para cortar ou manipular os fios com tanta precisão?

Gael deu de ombros.

— Ele pode ter aprendido sozinho. Não precisa ser um profissional para usar uma tesoura.

Laura franziu a testa, mas não respondeu. O instinto que tantas vezes a guiá-la, não deixava que ela aceitasse as evidências tão facilmente.

A situação tomou um rumo inesperado quando a identidade de Roberto vazou para a mídia. Seu rosto estampava em todos os noticiários.

Ele já não era apenas um mecânico comum tentando seguir com sua vida. Para as mídias, ele voltou a ser um monstro ainda mais meticuloso, com um passado conturbado. Agora, aos olhos da opinião pública, ele era conhecido como o temido "Colecionador de fios".

Na delegacia, a equipe, ao mesmo tempo que comemorava o progresso nas investigações, ficou em pânico, pois as notícias foram um alerta para que Roberto escapasse. Mas, no momento, com a conexão de Roberto a duas vítimas e seu histórico de agressões, parecia que as peças do quebra-cabeça finalmente se encaixavam.

Enquanto isso, as ruas estavam cobertas por manchetes sensacionalistas:

"POLÍCIA FECHA O CERCO AO COLECIONADOR DE FIOS.

"ROBERTO MENDONÇA:

O HOMEM POR TRÁS DOS CRIMES QUE ATERRORIZAM A CIDADE."

Jornalistas cercavam a delegacia diariamente, ansiosos por qualquer atualização. Os amigos e familiares das vítimas, desesperados por justiça, começaram a exigir uma prisão rápida.

— Eles precisam de um culpado — murmurou Laura para si mesma, folheando os relatórios.

Capítulo **3**

O Erro no Tabuleiro

O relógio marcava 3h27min. da madrugada quando Laura voltou para sua sala na delegacia, um copo de café bem quente em uma mão e uma pilha de relatórios na outra. A luz fria do computador iluminava o quadro de evidências à sua frente, destacando as fotos das vítimas. Ela as estudava como se cada detalhe pudesse revelar um segredo que ninguém mais enxergava.

Roberto Mendonça era o principal suspeito. Seu histórico de agressões e sua ligação com duas das vítimas o colocavam no centro das atenções, mas a polícia enfrentava um obstáculo crucial: ele estava foragido. Desde que seu nome apareceu como possível envolvido, Roberto desapareceu, deixando para trás apenas um rastro de perguntas.

Ela pegou o relatório mais recente, detalhando o pente encontrado na cena do último crime. Era de madeira polida, simples, mas posicionado com uma precisão perturbadora. Um objeto assim não era deixado ao acaso.

— Mendes? — A voz de Gael interrompeu seus pensamentos. Ele estava na porta, segurando um tablet e com a expressão carregada. — Temos um problema.

— O que foi agora? — Ela largou os papéis, já sentindo o peso da madrugada.

— O legista encontrou algo no corpo da última vítima — Disse ele, entrando na sala. — Marcas nos pulsos. Bem sutis, quase invisíveis, mas estão lá.

Laura franziu a testa, pegando o tablet que ele lhe entregava. Na tela, uma imagem ampliada mostrava um padrão linear nas laterais dos pulsos da vítima, como se ela tivesse sido amarrada.

— Por que isso não estava nos primeiros relatórios? — perguntou, irritada.

— Estavam cobertas por lama e só apareceram depois da limpeza no laboratório. Mas é o que o legista acha mais estranho... — Gael hesitou por um momento antes de continuar: — Parece que as marcas foram deixadas de propósito.

Laura encarou a foto por mais alguns segundos. Marcas tão sutis poderiam passar despercebidas facilmente, mas o fato de estarem lá, em um crime tão meticulosamente organizado, indicava uma escolha deliberada.

— Como um recado... ou ele está tentando nos confundir? — Ela murmurou.

Gael concordou.

— E quanto ao Roberto? Alguma pista do paradeiro dele?

— Nada ainda — respondeu Gael com um suspiro. — Não tem celular ativo, nenhuma movimentação bancária. Estamos verificando parentes e conhecidos, mas até agora, nada.

— Laura pensativa...

Roberto sabia que estava sendo caçado, o que significava que cada dia que passava o tornava mais difícil de capturar.

Por mais que o comportamento de Roberto levantasse suspeitas, algo dentro dela ainda hesitava. O padrão dos crimes era tão meticuloso que não parecia se alinhar ao perfil impulsivo que ela lia nos relatos sobre ele.

Ela olhou novamente para o quadro de evidências. As fotos das vítimas pareciam observá-la de volta, como se exigisse que ela enxergasse o que estava diante de seus olhos.

— Eu preciso de algo mais... — sussurrou para si mesma, sentindo o cansaço tomar conta de seu corpo.

No fundo, sabia que o tempo estava contra ela.

Capítulo 4

O Som do Alarme

O dia amanheceu com um frenesi na delegacia. Gael entrou no escritório de Laura, carregando uma expressão que misturava urgência e alívio.

— Temos algo! — Ele anunciou, segurando um papel com anotações apressadas.

Laura, que mal havia dormido nas últimas 48 horas, ergueu o olhar cansado, mas atento.

— Roberto?

— Sim. — Gael deixou o papel sobre a mesa dela. — Ele foi visto comprando comida em um mercado de beira de estrada, na saída da cidade na última madrugada. O atendente reconheceu o rosto das manchetes e ligou para a polícia. Infelizmente, ele já tinha ido embora quando a viatura chegou, mas conseguimos acesso às câmeras de segurança.

Laura pegou o papel e se inclinou para examinar as imagens no tablet que Gael estendeu. Lá estava Roberto, com o rosto parcialmente encoberto por um boné, mas o olhar inquieto era inconfundível.

— Isso foi há quanto tempo? — perguntou Laura, já calculando as próximas ações.

— Cerca de seis horas. Ele seguiu pela estrada principal, mas depois... nada.   As câmeras da rodovia não detectaram o carro dele.

Laura apertou os olhos, como se pudesse extrair mais informações das imagens. Era um pequeno deslize, mas suficiente para reacender a busca.

— Ele está cometendo erros — murmurou ela. — Se parou para comprar comida, significa que está começando a ficar sem recursos.

— Exato. E isso pode fazer com que ele tome decisões mais arriscadas.

Laura pegou o telefone e começou a discar.

— Vamos reforçar as barreiras nas estradas e verificar qualquer veículo abandonado ou suspeito nos arredores. Além disso, quero que revisem os dados bancários de novo. Se ele está gastando dinheiro, mesmo que pouco, pode estar usando contas de terceiros.

Gael assentiu e saiu apressado para organizar a equipe.

Enquanto isso, a sombra do desaparecimento de Marina continuava a pairar sobre Laura. Fazia dois dias desde que a jovem foi vista pela última vez, e cada minuto que passava diminuía as chances de encontrá-la com vida.

Laura revisou novamente o relato dos pais de Marina e as informações sobre sua última noite. O táxi que ela havia pegado ainda não tinha sido identificado, o que frustrava a investigação.

— E se ele a mantiver viva? — A voz de Henrique, o legista, ecoou na mente de Laura. Ele havia sugerido isso após analisar as marcas nos pulsos da última vítima.

A ideia era perturbadora, mas Laura sabia que não podia descartá-la. Roberto poderia estar escondido com Marina. Se ele a mantivesse em cativeiro, isso adicionava outra camada de urgência à busca.

De repente, o telefone de Laura tocou, quebrando o silêncio tenso de sua sala.

— Mendes? — Ela atendeu, com o tom de voz mais firme do que se sentia por dentro.

— Temos algo relacionado ao táxi que Marina pegou. — Era Gael, do outro lado da linha. — Uma testemunha no bar disse que viu ela entrando em um carro preto, mas... não era um táxi registrado. Era um carro particular.

Laura sentiu o coração acelerar.

— E a placa?

— Parcial. Mas estamos cruzando com os registros da área naquele horário. Pode levar algumas horas.

Laura respirou fundo, tentando manter o foco. A cada novo fragmento, o quebra-cabeça parecia se complicar ainda mais. Roberto continuava foragido. Marina estava desaparecida, e agora havia a possibilidade de um cúmplice ou até mesmo um novo elemento nos crimes.

Ela se levantou, pegou o casaco e saiu apressada de sua sala.

— Gael, eu quero todas as equipes na estrada e monitorando as áreas próximas ao último avistamento de Roberto. E assim que conseguirem algo concreto sobre o carro, me avisem imediatamente.

Enquanto atravessava o corredor, sentiu o peso do caso crescendo sobre seus ombros. A linha entre capturar Roberto e salvar Marina estava cada vez mais tênue.

E, no fundo, Laura sabia que estava em uma corrida contra o relógio.

Capítulo 5

O Assassino Capturado

Nas ruas desertas da cidade, iluminadas por lâmpadas fracas, davam uma sensação de claustrofobia, como se todos os olhos da cidade estivessem sobre ele, a equipe de polícia havia rastreado seus últimos movimentos até um bairro pouco movimentado, a poucos quarteirões do local onde ele foi visto pelas câmeras. Aquele era um lugar que ele frequentemente passava, um ponto onde parecia se sentir confortável, como se ainda tivesse laços invisíveis com o passado. Laura estava a poucos metros, observando de dentro do carro, os nervos tensos, mas focados.

— Ele está aqui — Disse Gael observando o monitor da central de vigilância. A imagem na tela mostrava Roberto caminhando lentamente por uma rua deserta. Ele parecia inconsciente de estar sendo seguido, ou talvez estivesse apenas resignado à ideia de ser encontrado.

— Estamos prontos — Laura falou, a voz firme. Ela sabia que cada movimento agora seria decisivo. Não podiam dar espaço para erros.

A equipe se aproximou cautelosamente, mas quando Roberto passou por um ponto de cobertura, ele deve ter sentido algo, uma intuição, talvez. Parou por um instante, virou-se ligeiramente, e então, a visão de dois policiais saindo de uma esquina fez com que ele tomasse uma decisão rápida.

Antes que pudesse reagir, os policiais se aproximaram de Roberto, bloqueando a passagem. Ele não tentou correr, mas ficou ali, imóvel, com a respiração audível, como se estivesse esperando pela inevitável colisão com seu passado.

— Roberto Mendonça, você está preso — disse o policial, enquanto outro aproximava as algemas. A voz do policial era autoritária, mas havia uma sensação de cautela, como se o próprio Roberto fosse uma incógnita a ser resolvida.

— O que vocês estão fazendo? Eu não fiz nada — Roberto disse, sua voz trêmula, mas não com medo. Era mais uma tentativa de se convencer, de encontrar alguma justificativa para o que estava acontecendo. — Vocês me prenderam porque é mais fácil. Porque meu passado não me deixa em paz.

Laura observava de longe, sentindo uma tensão no ar. Era como se o próprio destino estivesse se desenrolando diante de seus olhos. Mas ela sabia que aquilo não significava nada sem provas.

Após a prisão, a cena foi registrada, e Roberto foi levado para a delegacia sob escolta pesada. Não houve resistência, mas a expressão em seu rosto falava por si mesma. Havia algo em sua postura que indicava que ele estava apenas esperando por aquele momento.

No carro da polícia, ele ficou em silêncio, com as mãos ainda presas nas algemas. Quando chegaram à delegacia, foi conduzido diretamente para a sala de interrogatório. Lá, sentou-se, com uma expressão de resignação, como se tivesse esperado por aquela conversa há muito tempo.

Laura entrou, já com a ficha em mãos, a sensação de que a verdade ainda estava em algum lugar, escondida por trás das palavras que Roberto estava prestes a dizer.

— Estamos prontos — Laura falou, a voz firme. Ela sabia que cada movimento agora seria decisivo. Não podiam dar espaço para falhas.

32

Capítulo 6

A Verdade nas Palavras

A sala de interrogatório estava silenciosa, a luz piscava e acendia refletindo na superfície metálica da mesa. Roberto estava sentado, com os olhos fixos na parede à sua frente, mas sua tensão era palpável. Laura o observava atentamente, com suspeitas que ele estava sendo sincero.

— Roberto, você já admitiu que amarrou suas vítimas no passado, mas agora você está negando qualquer envolvimento nos recentes assassinatos. Por que essa mudança? — Laura perguntou, a voz firme, mas carregada de um certo ceticismo. Ela estava encabulada.

Roberto levantou a cabeça, os olhos embargados de uma mistura de raiva e medo. Ele respirou fundo antes de responder, como se tentasse reunir coragem para negar o impossível.

— Eu não sou mais aquele homem — disse ele, com a voz trêmula, mas convincente. — Eu mudei! Sei que fiz coisas horríveis no passado assassinando aquelas meninas, não deixo de pensar um dia se quer, mas eu paguei a minha pena, eu não sou o responsável por essas mortes que estão acontecendo. Não sou eu! Eu não matei ninguém dessa vez!

Laura com um semblante de desconfiança franziu a testa, estudando suas palavras e os movimentos de seu corpo. Roberto parecia genuíno, mas ela sabia que o desespero muitas vezes trazia convicções mais fortes do que a própria verdade.

— Você tem um histórico de violência, Roberto. Você já matou e amarrou suas vítimas no passado, isso é um fato. E agora, essas mulheres estão sendo encontradas da mesma maneira... — Laura o interrompeu, a frustração começando a tomar conta de seu tom. — Por que, se você se arrependeu e mudou, não está assumindo sua culpa? Por que essa negação agora?

Roberto começou a se agitar na cadeira, as mãos trêmulas e os olhos nervosos. Ele parecia estar se debatendo internamente, mas algo nele ainda resistia à ideia de ser culpado novamente.

Laura permaneceu em silêncio por um instante, analisando a situação. Ela sabia que Roberto estava se agarrando à única explicação que conseguia manter, mas o fato de ele ter sido preso tão perto dos eventos aumentava ainda mais as suspeitas sobre ele. No entanto, havia algo em sua expressão, algo que fazia Laura acreditar que ele não estava mentindo sobre essa parte.

— Onde está Marina Roberto? — Laura perguntou, sua voz baixando, mas carregada de pressão. Ela não podia deixar de fazer essa pergunta, pois sabia que a jovem ainda estava desaparecida. — Onde está a Marina? Você sabe onde ela está?

Roberto congelou por um momento, os olhos se desviando. Ele parecia bem desconfortável com a pergunta, mas logo tomou coragem para responder.

— Eu... eu não sei onde ela está. Eu não sou o responsável por isso! Eu... eu não sei! — Ele balançou a cabeça, como se tentasse afastar qualquer pensamento sobre a garota desaparecida. — Eu mudei, você tem que acreditar em mim!

Eu estou fazendo terapia, frequento grupos de apoio, estou tentando ser uma pessoa diferente. Não sou o homem que fiz parte do passado! Eu sou cristão agora, estou em processo de redenção.

— Você diz que mudou, mas as evidências contra você são muito fortes. E Marina ainda está desaparecida, e você não sabe de nada... — Ela disse com tom incisivo, sem deixar de pressioná-lo. — Se você realmente é inocente, então o que está acontecendo? Por que a polícia está ficando cada vez mais próxima de você, Roberto?

Roberto engoliu em seco, o suor frio se acumulando na testa. Ele parecia um homem à beira do desespero, tentando desesperadamente escapar de um destino que ele sabia que estava se aproximando. Mas ele também sabia que não era o responsável pelos recentes assassinatos. O verdadeiro assassino estava em algum lugar, e Roberto se sentia cada vez mais impotente.

— Eu não sei, investigadora. Eu não sei o que está acontecendo. Eu sou inocente, eu juro! Você precisa acreditar em mim. O verdadeiro assassino... ele está por aí. E eu não posso mais esconder o que aconteceu antes. Eu só quero que você entenda: Eu não sou mais aquele homem. Eu não fiz isso.

Laura o encarou por mais um longo momento. Ela sentia que ele estava dizendo a verdade em relação a não ser o autor dos assassinatos atuais, mas o fato de ele estar preso e sua história ser tão ambígua a fazia desconfiar.

— A história de redenção de Roberto ainda não me convence, Laura!!!

— Disse Gael

— Laura pensou, não sinto que ele é o assassino.

E, com isso, a investigadora se retirou, mas as peças do quebra-cabeça continuavam fora de lugar. A verdadeira identidade do assassino ainda estava oculta, e o tempo estava se esgotando.

Por um momento Laura sentiu um calafrio na espinha e uma indagação corroeu sua mente:

— Por que Gael insiste tanto na figura de Roberto como o Colecionador de Fios? Ele quer desviar as atenções? — Trabalhamos juntos, desconheço seu passado e sua origem.

Laura procurou afastar esses pensamentos para sua mente não ficar mais pesada ainda do que já estava.

Capítulo **7**

A Soltura de Roberto

Laura estava cansada. Ela sentia que a pressão sobre a investigação estava crescendo a cada dia, mas ainda acreditava, profundamente, que Roberto não era o culpado. Sua convicção de que o verdadeiro assassino ainda estava à solta a fez se posicionar a favor da soltura de Roberto. Ela sabia que as evidências não eram mais o suficiente para mantê-lo preso e que a verdade sobre o assassino era muito mais complexa do que qualquer um poderia imaginar.

Quando soube da decisão do juiz, não hesitou. "Ele precisa ser solto. Não há o que sustentar a prisão dele sem provas." Mas seus pensamentos estavam prestes a ser desafiados.

O telefone de Laura tocou. Era Henrique, o legista, e seu tom grave fez com que ela sentisse um arrepio.

— Laura, temos mais uma vítima. Henrique estava visivelmente tenso.

— O que eu estou vendo aqui... não tem como ser coincidência. Você precisa vir imediatamente.

Laura olhou para Gael, que estava ao seu lado. Ambos sabiam o que isso significava. Mais uma vítima, e, dessa vez, o mais perturbador: o desaparecimento da jovem tinha ocorrido enquanto Roberto ainda estava sob custódia.

— Ele estava preso. Não podia ter feito isso... — Disse Laura, mas a dúvida estava começando a invadir sua mente.

Gael, por outro lado, tinha uma expressão mais cética. — E ainda assim, o tempo e os padrões não mentem. Vamos lá, Laura. Precisamos ver isso de perto.

O carro de Laura cortava as ruas da cidade enquanto sua mente trabalhava freneticamente. O desaparecimento da nova vítima batia com os horários em que Roberto estava sob custódia.

Será que ele teria um cúmplice? Pensou Laura!!

A possibilidade de que ele fosse inocente, e que o verdadeiro assassino ainda estivesse à solta, parecia mais concreta do que nunca.

Ela sabia que a única maneira de entender tudo isso seria examinando a nova cena do crime, mas uma dúvida profunda começou a surgir. Será que eu estava errada ao apoiar a soltura de Roberto?

Ao chegar ao local, Laura viu os técnicos forenses trabalhando, e o corpo da vítima estava mais uma vez colocado em uma posição perturbadora, com os cabelos cortados de forma impecável. Era claro que o assassino estava repetindo o mesmo padrão de tortura e manipulação.

Ela sentiu um calafrio ao observar a cena, e mais uma vez o grito silencioso do assassino parecia reverberar em sua mente. — Onde você está? Ela sussurrou para si mesma, sem saber a quem estava se referindo.

O peso da situação era claro: Roberto estava prestes a ser solto, mas a investigação estava longe de acabar. Agora, mais do que nunca, Laura sabia que tinha que descobrir quem realmente estava por trás dos assassinatos.

Capítulo **8**

O Retorno das Sombras

As investigações prosseguiam sem avanços; nenhuma nova pista emergia. Três meses se passaram desde que o Colecionador de Fios cessou seus ataques, mergulhando a cidade em uma inquietante calmaria. Contudo, essa tranquilidade estava prestes a ser quebrada de uma forma inesperada.

O telefone de Laura tocou, interrompendo o seu trabalho. Do outro lado da linha, a voz urgente de um policial que acompanhava o caso:

— Investigadora Laura, encontramos uma jovem chamada Marina, por um milagre ela está viva, estamos com ela no hospital.

A surpresa e o alívio foram quase instantâneos. Laura não questionou, apenas pegou seu casaco e correu até o hospital. O que parecia impossível havia se tornado real.

Ao chegar ao hospital, Laura foi rapidamente conduzida até a sala de emergência, onde encontrou Gael que estava ao lado de uma maca, onde uma jovem mulher estava deitada, visivelmente em péssimas condições. Era Marina Oliveira, a vítima desaparecida. Seu rosto estava pálido, com olhos fechados, e seu corpo exibia sinais claros de desgaste físico e tortura, inclusive os pulsos marcados pelo que parecia cordas. A jovem estava desnutrida, com ferimentos visíveis por todo o corpo e suja, mas, milagrosamente, ainda respirava.

— Graças a Deus ela está viva? Laura falou, a incredulidade marcando sua voz.

Gael abaixou a cabeça, mas respondeu em seu tom sério e preocupado. — Ela está bem frágil. Estamos aguardando estabilizar sua condição. Não podemos deixá-la falar até que esteja mais forte.

Laura olhou para Gael, reconhecendo a urgência nas palavras dele. Ela sabia que a sobrevivência de Marina era um milagre, mas sua mente estava cheia de perguntas. — Como ela sobreviveu tanto tempo em cativeiro? Onde ela esteve? O que aconteceu com ela?

— Calma, Laura, Gael disse, tentando acalmá-la. — Não sabemos de nada ainda. O médico disse que não podemos pressioná-la agora.

Nesse momento, um médico entrou na sala, com um semblante sério. — Com todo o respeito, detetive, a senhorita Oliveira não está em condições de ser interrogada. Ela precisa de cuidados médicos intensivos antes de qualquer coisa. Ele olhou para Marina e depois para Laura, com firmeza. — Vou pedir que se retirem por um momento. Ela precisa de tempo para se estabilizar. Só então poderemos pensar em entrevistas ou depoimentos.

Laura hesitou, o impulso de questionar Marina era forte, mas ela sabia que não tinha escolha. O médico estava certo. Ela deu um passo atrás, com a sensação de que o tempo corria contra eles.

— Eu entendo, respondeu ela, com um suspiro profundo. — Mas quando ela estiver pronta, preciso falar com ela. Precisamos saber o que aconteceu.

Gael observava em silêncio, seus pensamentos claros em seu rosto. — O mais importante agora é garantir que ela se recupere. Não podemos perder tempo, mas também não podemos pressioná-la. Esse caso está muito mais complexo do que imaginávamos.

Capítulo 9

O Testemunho Silencioso

O hospital estava em um silêncio opressor. O som das máquinas de monitoramento, o murmúrio das enfermeiras nos corredores, tudo parecia distante enquanto Laura aguardava ansiosamente na sala de espera. Gael, o médico e a equipe de emergência haviam se retirado para garantir que Marina fosse estabilizada, deixando-a com a sensação de que o tempo estava escorrendo pelas suas mãos.

A tensão no ar era palpável. Marina havia sido encontrada, mas as respostas ainda estavam longe de ser reveladas. O que acontecera durante os dias em que ela esteve em cativeiro? E como isso poderia finalmente resolver o caso do Colecionador de Fios?

O telefone de Laura tocou, quebrando o silêncio que pairava sobre ela. Era Gael.

— Laura, a Marina está um pouco mais estável. O médico disse que, se ela continuar assim, poderá começar a responder algumas perguntas em breve. Ele fez uma pausa, como se ponderasse algo. — Vamos precisar ser cautelosos. Ela passou por muito estresse e sofrimento. Não sabemos como sua mente pode reagir ao voltar a pensar no que aconteceu.

— Entendo. Vou me preparar. A resposta de Laura foi rápida. Ela sabia que esse poderia ser o momento crucial. Era a chance de descobrir a verdade, de entender por que o Colecionador de Fios havia deixado Marina viva quando tudo apontava para um fim brutal.

Laura se levantou e caminhou até a sala onde Marina estava sendo cuidada. Ao entrar, encontrou a jovem inconsciente, mas com sinais de recuperação. O monitor cardíaco havia se estabilizado, e sua respiração parecia mais regular. Gael estava à beira da cama, conversando com o médico, mas ambos se calaram quando Laura entrou.

— Como ela está? Laura perguntou, sua voz suave, quase reverente, como se não quisesse perturbar o frágil equilíbrio da situação. O médico olhou para a detetive com um ar grave. — Ela está fora de risco imediato, mas é uma situação delicada ela teve crises durante a recuperação... Precisamos ir com calma.

— Quando ela acordar, nós a entrevistamos. Laura disse, sua determinação é visível. — Eu sei que ela pode nos ajudar a entender mais sobre o que está acontecendo.

Gael olhou para ela com uma expressão preocupada. — Laura, temos que ter cuidado. Não sabemos o que ela passou. Não podemos forçá-la a falar se ela não estiver pronta.

— Não vou forçá-la. Laura respondeu com firmeza, mas sua expressão suavizou. — Mas vou estar pronta quando ela estiver.

Laura ainda mantinha desconfiança de Gael, pois ele parecia querer controlar a situação. Sua preocupação excessiva com Marina. Laura se perguntava: Por que isso?

A detetive se afastou um pouco, mas não conseguiu se afastar completamente da situação. Ela sabia que Marina tinha algo importante a dizer. E algo dentro dela dizia que as respostas não seriam fáceis de ouvir.

Capítulo 10

O Depoimento de Marina

O ambiente no hospital ainda era tenso, já haviam se passado algumas horas que Marina tinha sido encontrada, e o assassino a solta... pensava Laura silenciosamente.

As horas haviam se arrastado enquanto Marina permanecia deitada, os olhos fechados, mas agora sua respiração estava mais profunda, e seus sinais vitais estavam estáveis. Quando ela finalmente acordou, parecia perdida, os olhos vagos, como se estivesse tentando entender onde estava, o que aconteceu, e como tinha sobrevivido àquele pesadelo.

Laura e Gael estavam ao lado dela, prontos para ouvir tudo, mas sabiam que não poderiam apressar nada. Marina levou alguns minutos para se ajustar à sua nova realidade, os pensamentos confusos aos poucos começando a se alinhar. Ela olhou para os dois, sua voz rouca e hesitante.

— Eu... eu não sei como começar... ela sussurrou, sua voz trêmula.

Gael disse:

— "Não se apresse; tome o tempo que precisar."

Marina continuou a falar gaguejando — Ele me manteve lá por tanto tempo, mas... ao mesmo tempo, parecia se preocupar comigo. Ela engoliu em seco, tentando controlar a emoção. — Eu não entendo. Ele... ele me fez sofrer tanto, mas em outros momentos, parecia que se importava. Como se fosse outro ser.

Laura trocou um olhar com Gael, mas permaneceu silenciosa, dando espaço para Marina falar.

— Eu... não sabia onde estava, onde ele me levou. Quando ele me sequestrou, estava tão... fora de mim. Ele me drogou, amarrou meus pulsos por dias, fiquei assim. A jovem se estremeceu com a lembrança. — Eu estava tonta, sem controle. Não sabia se estava dormindo ou acordada. Só... só lembro das sombras, das paredes..., mas não do lugar exato. Eu ouvi sons, mas... tudo parecia distante.

Ela parou por um momento, como se a memória estivesse engolindo. Marina fechou os olhos e respirou fundo antes de continuar.

— No começo, eu resisti. Eu lutei, tentei gritar, tentei correr, mas ele... ele era forte demais. Eu sentia que quanto mais eu resistia, pior ficava. Ele me agredia, me ameaçava. E, depois de um tempo, eu... eu parei de lutar. Eu percebi que era pior resistir. Então, eu deixei ele fazer o que quisesse.

O rosto de Laura se contorceu, mas ela manteve sua postura, ouvindo atentamente, sem interromper.

— Ele me tratava de forma tão contraditória. Alguns dias, ele me tratava como se eu fosse algo valioso. Me dava comida, água... até me dava roupas limpas. Mas depois... ele mudou. Se transformava em algo completamente diferente. Como se...houvesse dois homens dentro dele. Marina olhou para os dois, os olhos cheios de lágrimas. — Às vezes, ele me tocava com delicadeza, e outras... outras vezes, ele se tornava um monstro. Me prendia, eu tinha que ser submissa a ele e até fingir que eu estava gostando... olha a situação que tive que me sujeitar!!!

A voz de Marina falhou por um instante, mas ela não parou. Ela sabia que precisava contar a verdade.

— Ele cortou meu cabelo. Não sei por quê. Ele dizia que queria que fosse perfeito, que os fios tinham que ser organizados, simétricos. Ela se encolheu ao lembrar da sensação das tesouras em sua cabeça. — Eu tentava entender, mas não conseguia.

Só sei que quando... quando ele decidiu que estava na hora de acabar, ele... ele me deixou ali, achando que estava morta, me lembro perfeitamente quando ele começou a organizar meus cabelos cortados, ali mesmo onde eu estava, me recordo também dele levando uma mecha dentro de uma caixa de madeira.

Estava muitos nervosa naquele momento pois ali eu já tinha desistido e achei que tinha acabado pra mim naquele momento.

E por fim, ele falhou... graças a Deus, ele falhou, Deus me deu uma nova chance pra viver!!!

Marina olhou para os dois, sua expressão era uma mistura de confusão e gratidão.

Laura estava apreensiva mais não deixava transparecer, a todo momento passava tranquilidade a Marina. Gael, por sua vez, parecia profundamente perturbado, mas ainda assim concentrado.

— Marina, onde você estava quando ele tentou te matar? Laura perguntou com suavidade, embora a tensão em sua voz fosse inegável.

— Eu... eu estava em um lugar escuro, com paredes de concreto. Não sei onde exatamente. Só lembro de sentir dor, e de ver luzes, mas não conseguir entender o que estava acontecendo. Marina tentou se concentrar, mas estava evidente que sua mente estava ainda tentando lidar com o trauma. — Eu acho que ele queria me matar..., mas... algo o impediu. Eu não sei o que. Ela se calou por um momento, seu olhar distante.

Laura sabia mais do que nunca que estava lidando com um monstro, e também, com alguém profundamente perturbado, com um padrão de comportamento imprevisível.

Capítulo **11**

O Retrato Falado

Marina estava deitada na cama do hospital, envolta por uma sensação de confusão e exaustão. Após dias sem forças para falar, ela começava a dar sinais de recuperação. Sua respiração ainda era irregular, seu corpo marcado por hematomas e cicatrizes estava finalmente se curando, mas claro que por fora.!!! O medo e o trauma não eram fáceis de dissipar, mas ela sabia que sua sobrevivência era uma chance para a justiça.

Laura estava à sua frente, juntamente com Gael, aguardando que Marina se estabilizasse para continuar a falar. O médico havia dado a autorização para que ela pudesse tentar se lembrar de detalhes que pudessem ajudar na investigação. Laura providenciou outro profissional para auxiliar no caso. Todos sabiam que esse seria o momento mais crucial até agora: o retrato falado.

— Marina, você está bem? Laura perguntou suavemente, tentando garantir que ela se sentisse confortável. — Sei que deve ser difícil, mas precisamos da sua ajuda para encontrar quem fez isso com você. Pode nos ajudar a lembrar de como ele era?

Marina demorou um tempo para responder, os olhos vagando pelo quarto, tentando focar nas memórias que parecem borradas. Ela não sabia se estava pronta para reviver tudo, mas sabia que não tinha outra escolha.

— Vou tentar, mas não prometo nada. Marina disse, com a voz fraca, mas determinada.

O desenhista entrou na sala. Ele era experiente, havia trabalhado com diversos casos semelhantes, e sabia como conduzir o processo com cuidado. Sentou-se em frente a Marina, com uma prancheta e lápis prontos para transformar as palavras em imagem.

— Apenas fale o que você lembra, sem pressa. Vou desenhando conforme suas descrições.

Marina respirou fundo, fechando os olhos por um momento, antes de começar a falar. Ela ainda estava muito fragilizada, mas precisava dar tudo de si.

— Ele... ele era alto. Muito mais alto que eu. Eu sou pequena, e ele me fazia sentir ainda menor. Marina começou, sua voz se quebrando em alguns momentos. — Ele tinha um rosto bonito... não era bonito de uma forma comum, sabe? Mas era um tipo de beleza que fazia as pessoas se sentirem à vontade ao redor dele. Ele não parecia uma ameaça de imediato.

Gael trocou um olhar com Laura. Esse detalhe era crucial: o assassino não era alguém que gerava desconfiança imediatamente. Ele sabia como manipular as pessoas e se camuflar na sociedade.

— E os olhos, Marina? Lembra como eram?

Ela fechou os olhos, tentando buscar uma imagem em sua mente. — Eram... olhos claros. Talvez azuis ou verdes, não sei direito. Mas eram intensos. Me olhavam com uma frieza, me dava medo. Às vezes, seu rosto parecia até artificial, porém, não os seus olhos.

O desenhista começava a esboçar os primeiros traços, mas Laura percebeu que Marina ainda estava incerta, como se algo estivesse faltando. Ela sabia que isso era normal em casos como esse, onde o trauma pode borrar as memórias.

— O que mais você lembra, Marina? Como ele agia com você?

Marina respirou profundamente, lembrando-se dos momentos que a marcaram mais profundamente. — Ele... era estranho. Às vezes, ele era gentil, quase carinhoso. Me tratava como se fosse... importante, como se eu fosse algo que ele queria preservar. Mas, por outros momentos, ele se tornava uma pessoa completamente diferente. Ele me fazia sentir impotente.

Marina parecia estar revivendo cada momento ao falar. As lembranças a consumiam, mas ela continuava, por um impulso de resistência e desejo de ajudar.

— Ele... tinha um sorriso bonito, mas era assustador. perguntou Gael.

— Ah, as vezes quando sorria, não era um sorriso amigável, mas sim como algo calculado. Como se ele soubesse o quanto estava no controle. Ele sempre me fazia sentir que estava à mercê dele.

Laura segurou a caneta com força, seus olhos fixos em Marina, ciente de que o retrato falado estava tomando forma diante deles. O esboço no papel começava a se aproximar da descrição: um homem alto, bonito, com olhos penetrantes e um sorriso enigmático.

— E o que mais? Algo que te marcou?

Marina hesitou. — Ele falava muito ao telefone. Sempre quando recebia ligações saia às pressas, mas nunca falava sobre o que fazia. Era como se ele tivesse uma vida secreta, algo que ele não queria que eu soubesse. Eu o vi recebendo várias ligações, me parecia ser um homem importante e ocupado.

Laura e Gael se entreolharam. — Isso é importante, Marina. Ele tinha muitos compromissos. Você lembra de mais algo sobre isso?

Marina balançou a cabeça. — Não, era isso... Ele sempre parecia tão seguro de si, como se controlasse tudo ao redor. Eu só queria sair dali...

Mas antes de Marina continuar com mais detalhes, ela parou por um momento e um pensamento perturbador surgiu em sua mente. Ela fechou os olhos novamente, tentando recordar como ele a atraiu. Como ele conseguiu aproximar-se dela?

— Quando eu o conheci... ela começou, com hesitação, — Ele não parecia ameaçador. Ele me abordou de forma calma, quase amigável. Ele estava num café, sozinho, quando eu entrei. Eu estava sem saber para onde ir, e ele me convidou para sentar. Conversamos por horas, e ele parecia tão... interessado em mim. Ele me fez sentir importante, como se eu tivesse algo único que ele queria ouvir.

Laura e Gael se olharam, atentos.

— E foi assim que ele te atraiu? Usando esse charme? Gael perguntou, tentando dar continuidade.

— Sim. Ele parecia se preocupar comigo. Perguntava sobre a minha vida, e me ouvia de uma forma que ninguém nunca fez. Era... quase como se ele me conhecesse, como se estivesse me estudando. Me sentia bem com ele no começo, mas, ao mesmo tempo, algo em mim dizia que havia algo errado.

— Ele me ofereceu uma carona, não aceitei, mas passei meu telefone pra ele, então, de um jeito duvidoso me deu um tchau e até mais, mas tive a sensação de que ele não aceitou bem aquela situação.

— Andei por alguns quarteirões, estava distraída, de repente senti uma pancada na cabeça e isso é a última coisa que lembro até acordar em um cativeiro.

— Ele tinha um lugar isolado, não sabia onde estava, só sei que fiquei lá. Ele me levou dopada e, quando acordei, já era tarde demais.

Laura e Gael ficaram em silêncio, absorvendo as palavras de Marina. A manipulação sutil, o jeito em que ele a atraiu e a enredou na sua vida, tudo parecia se encaixar agora.

O retrato falado estava tomando forma, e com ele, a verdade estava mais perto de ser revelada.

— Agora, você reconhece o homem no desenho, Marina? Laura perguntou, suavemente.

Marina olhou fixamente para o desenho, e pela primeira vez, seus olhos brilharam quase com certeza. — Sim, esse é bem parecido com ele.

A sala ficou em silêncio, enquanto todos processavam a importância daquele momento. O homem que tinha sido descrito como carinhoso e encantador agora era uma ameaça, e Marina havia finalmente encontrado forças para mostrar sua verdadeira face ao mundo.

Fios de **S**angue: **O A**ssassino

Capítulo **12**

O Retrato Falado na Mídia

O hospital agora parecia mais silencioso do que nunca. Gael e Laura, ainda absorvendo as informações, saíram do quarto de Marina. Eles sabiam que o retrato falado era uma peça fundamental na investigação, mas também sabiam que, enquanto o assassino ainda estivesse à solta, o perigo não passava.

— Vamos levar isso ao público. Laura disse, determinando-se, enquanto olhava o retrato falado que acabara de ser finalizado. — A população precisa saber o que estamos enfrentando.

Gael concordou com um aceno de cabeça. — Quanto mais pessoas souberem, mais chances temos de encontrar alguém que o reconheça.

O retrato falado foi rapidamente encaminhado para os veículos de comunicação. Em minutos, estava sendo transmitido em todos os canais de notícias, estampado em jornais e compartilhado em redes sociais. O rosto desenhado parecia assustadoramente real, quase como se o assassino estivesse ali, diante deles.

"O Colecionador de Fios" agora tinha um rosto.

A imagem tomou as telas de todos. As pessoas em casa, assistindo televisão ou navegando pela internet, pararam para olhar atentamente. O rosto desenhado não era de um monstro grotesco, mas de um homem bonito, charmoso, com olhos claros e um sorriso frio, quase como se estivesse ciente do poder que tinha sobre os outros. O retrato provocava uma sensação de desconforto, porque, ao contrário do que muitos esperavam, ele não parecia ser um ser monstruoso, mas sim alguém que poderia se misturar facilmente à sociedade.

A sensação de ameaça se tornou ainda mais real quando, horas depois, a primeira testemunha apareceu. Um homem ligou para a polícia, dizendo ter reconhecido o rosto do assassino. Ele o conhecia de vista, e o descreveu como alguém que frequentava a mesma academia que ele.

— Ele sempre estava lá, mas nunca conversamos muito. Mas esse rosto... o homem disse, tremendo ao telefone. — Eu sei quem ele é.

A notícia se espalhou como fogo. Gael e Laura estavam no escritório da delegacia, observando a reação pública ao retrato falado.

— Parece que estamos chegando mais perto. Gael comentou, olhando para a tela do computador, onde uma transmissão ao vivo mostrava a imagem do retrato falado sendo analisada por especialistas. — Mas ele pode estar se escondendo bem. Isso não vai ser fácil.

Laura olhou para o quadro de evidências, com fotos das vítimas, anotações, e tudo o que haviam reunido até agora. O caso estava perto de desmoronar sobre eles, mas a identidade do assassino ainda permanecia em mistério. Quem era ele, e por que suas vítimas eram tão bem escolhidas? O fato de ele cortar o cabelo das vítimas e mantê-lo como um troféu era perturbador, mas parecia fazer parte de algo maior.

— Aquele homem que Marina descreveu... Laura murmurou para si mesma. — Ele tinha uma vida dupla. Ele era muito cuidadoso, mas também manipulador. Não podemos subestimar o quanto ele pode estar controlando a situação por trás das cortinas.

Ela olhou novamente para o retrato falado, agora sendo exibido em várias telas. A imagem parecia se mover, observando cada pessoa que a olhava. O assassino estava mais perto do que nunca, mas ninguém sabia onde ele estava, nem quem ele realmente era.

À medida que os dias passavam, a polícia recebia várias ligações de pessoas dizendo que tinham visto alguém parecido com o retrato. Alguns eram ex-colegas de trabalho, outros moradores de bairros onde ele aparentemente vivia. Mas nada concreto. E o medo, esse, continuava crescendo.

A cidade inteira estava em alerta. As ruas estavam mais vazias à noite, os olhares desconfiados se multiplicavam, e as pessoas começaram a se questionar: Será que o homem de aparência tão comum estava realmente tão perto de todos?

Gael não conseguia deixar de pensar no impacto psicológico que essa caça estaria causando. O retrato falado não era apenas uma ferramenta de investigação, mas também uma janela para a mente do assassino. Um homem comum, aparentemente inofensivo, que conseguiu esconder sua verdadeira face por tanto tempo.

Laura estava determinada a resolver o caso, mas sua mente estava em conflito. O retrato falado havia confirmado suas suspeitas, mas ao mesmo tempo, ela sabia que a verdadeira luta ainda estava por vir. O assassino estava prestes a cometer mais erros. Eles só precisavam encontrá-lo antes que ele os encontrasse.

No entanto, a verdade mais desconcertante ainda pairava no ar: O retrato falado tinha um poder estranho. Ele não apenas mostrava o rosto do assassino, mas também dava a ele a chance de desaparecer ainda mais nas sombras. Por um momento Laura ficou intrigada: — O rosto do assassino parecia até artificial. — Seria uma máscara, ou quem sabe uma maquiagem? Afinal, o assassino sabia manipular os cabelos com perfeição. — Ou só confusão da mente de Marina?

Enquanto a população começava a viver sob a tensão do desconhecido, o assassino assistia ao desenrolar dos acontecimentos, talvez mais próximo do que todos imaginavam.

Capítulo 13

Desafios na Investigação

A tensão entre Laura e Gael está explícita.

A princípio, ambos compartilham a mesma ideia: capturar o assassino. Porém, com o tempo, as diferentes abordagens começam a se destacar. Gael se torna mais cético, questionando as pistas e a obsessão de Laura em acreditar que estão perto da verdade. Ele vê o retrato falado como apenas uma pista vaga, que não vai levar a uma prisão concreta. Para ele, a situação está se tornando uma caça às bruxas, e ele teme que Laura esteja se deixando levar pela pressão da mídia e das vítimas.

Por outro lado, Laura continua acreditando que o retrato falado e os pequenos detalhes de Marina são cruciais para avançar. Ela tem uma confiança cega na investigação, e vê o ceticismo de Gael como uma falta de comprometimento com a verdade. À medida que as pressões externas aumentam, ela começa a se tornar mais impetuosa e até agressiva em relação ao seu parceiro, o que só alimenta o distanciamento entre os dois.

Capítulo **14**

Rumo ao Abismo

O conflito está aberto na Delegacia.

Laura e Gael estão analisando as novas evidências, mas o clima entre eles está cada vez mais tenso. Gael, cético, questiona os avanços feitos com base no retrato falado e nos relatos fragmentados de Marina. Laura, por outro lado, se recusa a desacelerar. Ela está convencida de que estão perto da resolução, e a pressão da mídia e das famílias das vítimas só aumenta sua determinação.

Gael (impaciente): — "Você ainda acredita que esse retrato falado vai nos levar a algum lugar? Estamos começando a ficar sem tempo, Laura. As pistas são frágeis e esse caso está começando a escapar de nossas mãos."

Laura (com firmeza): — "Eu não posso desconsiderar o que Marina passou. Não podemos abandonar essas pistas agora. Se ela está certa, se ela reconheceu o padrão, isso vai nos levar até ele. Eu sei que estamos perto."

Gael revira os olhos e balança a cabeça, exasperado. Ele tenta manter a calma, mas seu ceticismo está transbordando. Ele argumenta que, se continuarem nesse ritmo, vão acabar se distanciando da única coisa que poderia realmente trazer justiça: provas concretas.

A Visão Contraposta de Laura

Laura, por mais que esteja sendo desafiada, se mantém firme em sua convicção. Ela se sente profundamente conectada ao caso, quase como se as vítimas estivessem gritando para ela para não desistir. A cada palavra que Gael diz, ela sente que está sendo testada. Ela começa a se perguntar se Gael realmente entende a gravidade do que está em jogo, ou se ele está apenas tentando resolver o caso de uma forma lógica demais, sem considerar as complexidades emocionais.

Laura (com frieza crescente): — "Não é sobre lógica, Gael. É sobre entender o que ele fez, como ele pensa. Você não está vendo o padrão? Ele está nos testando, jogando com a gente. E eu não vou permitir que ele escape."

Capítulo **15**

Entre Taças e Confissões

A noite já havia caído. Laura estava em casa, o silêncio apenas interrompido pelo som baixo de um disco que girava no toca-discos antigo. A garrafa de vinho estava pela metade, e sua taça quase vazia repousava na mesa de centro. Seus pensamentos estavam confusos, pesados pelo caso e pela constante pressão que sentia. Por um momento, ela deixou o trabalho de lado e tentou se permitir relaxar, mas não conseguiu. O rosto das vítimas, especialmente de Marina, ainda rondava sua mente.

Quando ouviu a campainha tocar, sua primeira reação foi franzir a testa, surpresa. Não esperava ninguém. Levantou-se devagar, sentindo o leve efeito do álcool, e abriu a porta. Para sua surpresa, era Gael. Ele estava com as mãos nos bolsos, a expressão era um misto de arrependimento e hesitação.

Gael: — "Laura... posso entrar?"

Ela piscou algumas vezes, confusa, mas concordou.

Laura: — "Sim. Entre."

Ele entrou, tirando o casaco e pendurando-o na cadeira próxima. Ficou de costas para ela por um momento, tomando coragem para falar. Laura o observava, ainda surpresa, mas sem a força para questioná-lo. Quando ele finalmente se virou, sua voz era séria, mas cheia de arrependimento.

Gael: — "Eu vim para me desculpar. Pelo jeito que me comportei na delegacia. Por ter te confrontado daquele jeito, somos parceiros e estamos do mesmo lado. Eu sei que as coisas têm sido tensas e que... talvez eu tenha passado dos limites. Só quero que saiba que respeito o seu trabalho. Sempre respeitei."

Laura sentiu as palavras de Gael atravessarem suas barreiras. Ela já estava sensível, e o vinho que havia bebido parecia intensificar tudo. Gael era uma pessoa misteriosa, alguém por quem Laura sentia desconfiança, mas, por mais que analisasse a situação, não encontrava nada em seus pensamentos que pudesse incriminá-lo. Então, naquele momento, ela o viu de forma diferente. Havia algo em seu tom, na forma como ele a olhava... algo que a fez se aproximar sem pensar duas vezes.

Sem aviso, ela o beijou.

Foi um beijo suave no início, um toque hesitante que se aprofundou quando Gael, surpreso, acabou retribuindo. Mas, depois de alguns segundos, ele gentilmente se afastou, segurando o rosto de Laura com cuidado.

Gael: — "Laura... você bebeu. Não quero que você se arrependa de nada."

Laura respirou fundo, envergonhada, e desviou o olhar. Antes que pudesse dizer algo, Gael pegou sua taça de vinho e colocou-a na pia.

Gael: — "Vamos. Você precisa descansar."

Ele a conduziu até o quarto com cuidado, ajudando-a a se deitar. Laura, ainda confusa e vulnerável, o olhou por um momento, quase tentando dizer algo, mas Gael apenas sorriu, ajeitando os cobertores sobre ela.

Gael: — "Durma. Eu fico aqui."

E ele ficou. Pegou uma cadeira e sentou-se ao lado da cama por um tempo, mas, quando percebeu que ela dormia profundamente, acabou deitando-se ao lado dela, com uma certa distância, apenas para garantir que ela estivesse bem.

Na Manhã Seguinte

O sol da manhã iluminava o quarto de Laura. Ela abriu os olhos lentamente, com a cabeça um pouco pesada. Quando se deu conta de onde estava, seu coração disparou. Lembrou-se da noite anterior, do beijo, de Gael...

Ao sair do quarto, encontrou Gael na cozinha. Ele estava à vontade, vestindo a mesma roupa de antes, mas com as mangas da camisa dobradas. Na mesa, havia um café da manhã cuidadosamente preparado: pães, frutas, suco e café fresco. Ele virou-se ao perceber sua presença, com um sorriso charmoso e discreto aos olhos de Laura.

Gael: — "Bom dia. Achei que você ia precisar disso."

Laura ficou parada por um momento, sem saber o que dizer. Sentia-se envergonhada, mas também tocada pelo gesto dele. Apesar disso, sua personalidade reservada a impediu de expressar qualquer emoção.

Laura: — "Sobre ontem à noite... Eu... desculpa. Não sei o que deu em mim."

Gael largou a xícara que segurava e deu dois passos em direção a ela, ficando a poucos centímetros de distância. Tocando em seu rosto suavemente disse

— "Você não tem nada que se desculpar. Nada aconteceu. Eu só quis garantir que você ficasse bem."

Ele fez uma pausa e respirou fundo, olhando-a nos olhos. Então, suavemente, inclinou-se, ficando ainda mais próximo. Laura sentiu sua respiração quente e o coração acelerou.

Gael: — "O que aconteceu ontem... foi real? Não quero que tenha feito algo por impulso ou que se arrependa depois. Sei que não deveríamos, mas... a verdade é que te admiro demais. Sinto uma atração incontrolável por você."

Antes que ela pudesse responder, Laura simplesmente agiu. Sem hesitar, ela o beijou novamente. Dessa vez, não havia confusão ou arrependimento em seus movimentos, apenas desejo e uma sinceridade crua. Gael retribuiu com a mesma intensidade, puxando-a para mais perto, suas mãos tocando levemente a cintura dela, mas sem ultrapassar limites.

O beijo foi interrompido apenas pela necessidade de respirar. Laura recuou um pouco, encarando-o sem palavras.

Gael: — "Acho que isso responde a minha pergunta."

Ela riu baixinho, quase nervosa, e desviou o olhar por um momento.

Laura: — "Talvez... talvez a gente precise conversar sobre isso mais tarde."

Gael: — "Sem pressa. Estou aqui por você, Laura. Sempre."

O clima entre eles era carregado de emoções. Apesar das incertezas, ambos sabiam que algo havia mudado entre eles, e isso seria impossível de ignorar daqui em diante.

Capítulo 16

A Proximidade do Perigo

Laura chega à delegacia tentando manter sua postura profissional após a noite com Gael. Ela se convence de que foi um erro deixar o momento pessoal interferir, mas a presença dele a deixa inquieta.

Gael percebe o desconforto dela e, em um momento mais reservado, faz um comentário sutil:

— "Se quiser fingir que nada aconteceu, tudo bem. Mas você sabe que não foi qualquer coisa."

Laura, tentando manter a seriedade, corta a conversa:

— "Estamos no meio de um caso, Gael. Não temos tempo para distrações."

Ele apenas sorri, mas a troca de olhares entre os dois deixa claro que esse envolvimento está longe de acabar.

Laura e Gael estavam analisando o caso minuciosamente, mas a calmaria de três meses estava prestes a ser interrompida pelo desaparecimento de mais uma vítima, deixando Laura e sua equipe em alerta máximo. Desta vez, o caso tinha um diferencial perturbador: O assassino enviara uma mensagem diretamente para Laura, uma provocação que a fez perceber que ele estava cada vez mais próximo.

Laura estava sentada em sua mesa na delegacia quando um policial entrou com uma correspondência.

— Investigadora Mendes, isso chegou para você. Não há remetente. — Ele colocou um envelope pardo sobre a mesa e saiu, deixando-a intrigada.

Laura examinou o envelope, sentindo um calafrio subir pela espinha. Não havia nenhum endereço, apenas seu nome. Ela o abriu com cuidado, revelando uma mecha de cabelo loiro perfeitamente cortada, junto com um bilhete escrito à mão:

— *"Você está prestando atenção? A perfeição exige sacrifício."*

O coração de Laura disparou. Ela segurou o bilhete com força, como se pudesse extrair alguma informação apenas pelo toque. A mecha de cabelo parecia de uma mulher jovem, e ela sabia que aquele era o próximo troféu do assassino.

Ela chamou Gael, que chegou rapidamente ao seu lado, analisando o conteúdo do envelope.

— Ele está te desafiando — disse Gael, com a mandíbula tensa. — Isso é pessoal agora.

Laura assentiu com o olhar fixo no bilhete.

— Ele quer mostrar que está sempre à nossa frente. Está nos observando, Gael. Isso é um jogo para ele.

— Um jogo que ele quer que você jogue — Respondeu Gael. — Temos que descobrir de onde veio isso. Vamos mandar para análise.

Enquanto Gael levava o envelope para a equipe forense, Laura ficou sozinha em sua mesa, refletindo sobre a situação.

O assassino estava se aproximando, e isso a deixava vulnerável. Ele parecia conhecer cada movimento dela, cada passo.

Fios de Sangue: O Assassino

Capítulo 17

O Silêncio de Laura

Naquela noite, Laura estava em casa, sentada no sofá da sala, com a garrafa de vinho aberta ao lado. Gael vinha em sua mente de em tempos em tempos como um flash bom, mas a luz fraca do abajur projetava sombras na parede, criando um ambiente sufocante. Ela tentava se concentrar em qualquer outra coisa, mas sua mente voltava constantemente à provocação do assassino.

Laura levou sua primeira taça de vinho aos lábios e deu um longo gole. Seus pensamentos se misturavam em uma confusão de medo, raiva e impotência. Ela sabia que o assassino a via como um alvo, alguém para ser manipulado e jogado contra o tempo.

O som de batidas na porta tirou Laura de seus pensamentos. Assustada, ela olhou para o relógio. Já passava da meia-noite.

— Quem é? — Perguntou, com a voz tensa, enquanto se levantava.

— Sou eu, Gael — Respondeu a voz familiar do outro lado da porta.

Laura sorriu suavemente por um momento antes de destrancar a porta.

— O que você está fazendo aqui? — Perguntou, surpresa.

Gael olhou para ela, com um semblante preocupado.

— Não consegui dormir. Fiquei pensando no envelope e achei que você talvez precisasse de alguém para conversar. Posso entrar?

Laura concordou, dando passagem para ele. Gael entrou e, ao vê-la bebendo, franziu o cenho.

— Você está bem?

Ela balançou a cabeça, tentando afastar as lágrimas.

— Estou cansada, Gael. Parece que estamos sempre atrás, nunca à frente. E agora ele está me desafiando diretamente.

Gael se aproximou dela, segurando suavemente seus ombros.

— Vamos pegá-lo, Laura. Você é a melhor nesse trabalho. Não duvide disso.

O olhar de Laura encontrou o de Gael. Ela ainda estava muito sensível, e a presença dele parecia mais próxima do que nunca.

Quando Gael se aproximou o beijo aconteceu.

Gael a envolveu em seus braços, o calor do seu corpo contra o dela criando uma conexão instantânea. O abraço foi apertado, como se ambos tivessem se segurado para não se perderem na tempestade de emoções que os consumia. Não havia mais palavras entre eles, apenas o silêncio carregado de um desejo reprimido por semanas.

Laura sentiu o calor de Gael, o cheiro dele misturado com o perfume do vinho. Era impossível negar que algo muito forte havia se instalado ali, algo além da amizade ou da proximidade criada pelo trabalho. Ele a puxou para mais perto, os corpos se encontrando com uma intensidade inesperada. E então, sem resistir, os lábios se encontraram com um desejo ardente.

O beijo foi diferente de todos os outros. Não havia mais dúvidas, nem hesitações. Ambos estavam imersos demais em suas emoções para pensar em mais alguma coisa. As mãos de Gael exploraram o corpo de Laura, com um cuidado e ao mesmo tempo uma necessidade que parecia impossível de controlar.

Ela, por sua vez, se entregou sem reservas, as mãos deslizando pelas costas dele, puxando-o ainda mais para si. Gael a beijava com intensidade, sua boca quente e urgente, enquanto ela respondia com a mesma paixão. Estavam envolvidos demais para se afastarem agora.

Com um movimento suave, Gael a levantou nos braços, sentindo o peso dela se acomodar contra seu corpo. Seus olhares se encontraram por um breve segundo, um olhar cheio de desejo e confiança, e então, com um leve impulso, ele a colocou na bancada da cozinha. Seus corpos estavam tão próximos que o calor parecia fazer o ar ao redor deles se tornar mais espesso, mais denso.

Laura respirava rapidamente, os lábios ainda colados aos de Gael, enquanto ele explorava seu pescoço com os beijos e carícias que a fazia perder a razão. Ela sentia o corpo dele contra o seu, o toque das suas mãos firmes e ao mesmo tempo gentis, e não conseguia mais pensar em outra coisa senão naquilo, naquele momento.

A bancada era fria sob seu corpo, mas o calor do toque dele a fazia esquecer de tudo. Gael a beijou de novo, agora mais profundo, mais intenso, e ela se entregou completamente, com a sensação de que, talvez, este fosse o único lugar onde conseguiria se sentir verdadeiramente viva e em paz.

As roupas caíram lentamente, sem pressa, como se o tempo não existisse mais entre eles. Gael explorava cada centímetro da pele de Laura, e ela retribuía com a mesma intensidade, os corpos se encaixando como se sempre houvesse sido assim. Eles estavam tão perdidos no momento que nada mais importava, nem o caso, nem os desafios que aguardavam. Apenas o agora.

Quando finalmente se afastaram, respirando pesadamente, os olhares que trocaram estavam cheios de cumplicidade, de algo que transcende o desejo físico. Havia ali algo mais profundo, uma conexão que ninguém poderia quebrar.

Gael a ajudou a descer da bancada, suas mãos ainda se mantendo firmes na cintura dela enquanto a olhava com um sorriso suave e finalizando com um beijo caloroso!!! Não precisavam mais de palavras.

Capítulo **18**

A Pista que Desafia

Na manhã seguinte, Laura acordou com a cabeça ainda um pouco pesada, os ecos da noite com Gael ainda pulsando em seu peito. Ela se levantou, tentando afastar qualquer sensação de vulnerabilidade, e se concentrou na nova notificação que havia chegado em seu celular. Era uma mensagem anônima, como as anteriores. Ela hesitou por um instante, mas ao abrir, sua expressão mudou.

A mensagem dizia:

— "Vejo como você lida com as coisas, Laura. Mas, no final, todos têm seu preço. O que você está disposta a perder?"

Em seguida, havia uma foto anexa. Laura apertou os olhos, tentando processar o que estava vendo. Era uma imagem de um quarto aparentemente normal, mas algo estava fora de lugar. Uma cadeira virada de lado, marcas no chão. O que realmente chamou sua atenção, no entanto, foi a figura central na foto: uma sombra, que parecia estar observando o ambiente de fora, mas de forma cuidadosa, como se estivesse escondida.

O mais perturbador era o cabelo cortado. Não era um troféu qualquer. Era um pedaço do cabelo de uma das vítimas anteriores, mas com uma mensagem criptografada presa ao fio.

Laura imediatamente ligou para Gael. Ele atendeu logo, como se estivesse esperando sua chamada.

— Gael, você tem que ver isso. O assassino acabou de me mandar uma nova pista. É mais pessoal dessa vez.

— Eu vou te encontrar — Ele disse, com urgência em sua voz. — Não faça nada até eu chegar.

Ela ficou esperando, ansiosa e inquieta. A sensação de estar sendo observada aumentava a cada segundo. A imagem, a sombra, a sensação de proximidade... algo estava errado. Ela sabia que o assassino estava se aproximando, talvez até a desafiando.

Gael chegou em sua casa minutos depois. Ela o conduziu até o escritório, onde a tela do computador mostrava a foto e a mensagem.

Ele analisou a imagem com atenção.

— Parece que ele está tentando te envolver ainda mais Laura. Isso é um aviso. Um desafio direto.

Laura fechou os olhos por um momento, tentando controlar o pânico crescente. Mas quando olhou para Gael, algo dentro dela endureceu. Ela não podia permitir que esse homem, esse monstro, a vencesse. Não enquanto ela ainda respirava.

— Não vamos perder isso de vista. Ele está se aproximando, Gael. E nós vamos pegar ele.

Gael olhou para ela, uma mistura de preocupação e admiração em seu olhar. Ele sabia que Laura era forte, mas sabia também o quanto isso poderia afetá-la emocionalmente.

— Você não está sozinha, Laura. Você tem a mim, tem todos nós.

Ela olhou para ele, e por um breve momento, seus olhos se encontraram, mas logo a realidade do caso tomou seu lugar novamente.

— Precisamos levar isso a sério. Agora mais do que nunca.

Gael concordou, seus dedos tocando levemente os dela, antes de voltarem à investigação. Eles sabiam que o tempo estava se esgotando, e o assassino estava mais perto do que nunca.

A pista que ele deixou era mais do que uma ameaça. Era um aviso, algo que indicava que, agora, o jogo havia se tornado pessoal. E Laura sabia que o próximo passo seria crucial. Ela sentia que o assassino estava esperando por ela, em algum lugar, nas sombras.

Capítulo 19

A Pressão e a Pista Crucial

O telefone de Laura tocou abruptamente, interrompendo o silêncio do escritório. Ela olhou para o número desconhecido na tela, hesitou por um momento, e então atendeu.

Laura: é o chefe — A voz firme do comandante soou do outro lado da linha. — O que está acontecendo com o caso detetive Mendes? Por que ainda não temos respostas definitivas?

Ela respirou fundo, tentando manter a calma diante da pressão.

— Estamos trabalhando nisso, chefe. Estamos mais próximos do que nunca. O assassino nos enviou uma pista hoje — respondeu, tentando soar convincente, mas sabia que a paciência deles estavam se esgotando.

— Isso não é suficiente, Laura! Este caso está se arrastando por muito tempo. O que precisamos agora são resultados concretos. Você tem que avançar, ou vamos ter que repensar quem está à frente disso.

O comandante desligou sem esperar resposta. O silêncio que seguiu foi ensurdecedor. Laura sentiu o peso da responsabilidade cair sobre seus ombros mais uma vez. Ela sabia que não poderia falhar. O caso estava prestes a chegar ao seu clímax, e agora, com a pressão dos superiores aumentando, ela não tinha escolha a não ser seguir em frente, com tudo o que tinha.

Ela se virou para Gael, que estava sentado ao seu lado, observando atentamente enquanto ela recebia a mensagem. Os olhos dele estavam carregados de compreensão, mas também de uma determinação silenciosa.

— Eles querem resultados, Gael — Ela murmurou, sentindo a tensão tomar conta dela. — Não podemos **errar** um passo sequer, se não colocamos a investigação em risco.

Gael levantou-se e caminhou até ela, parando à sua frente.

— Laura, a pressão é grande, eu sei. Estamos muito próximos, nós temos algo que pode mudar tudo. Se conseguirmos confirmar a pista do cabelo, e essa foto... vamos manter segredo sobre todas as provas coletadas, a essa altura temos que ser discretos, pois não sabemos quem está por trás disso, se o que você está vendo na foto realmente fizer sentido, podemos finalmente fechar o cerco. Temos tudo para pegar ele agora.

Ela olhou para ele, os olhos cansados, mas com uma chama de esperança reacendida.

Com um aceno de cabeça, Gael pegou a foto e a mensagem, passando o dedo sobre a imagem. Ele estava certo. A pista deixada pelo assassino era valiosa. A cadeira virada, as marcas no chão, e a sombra... tudo se encaixava, e agora havia uma nova camada a ser desvendada. Laura sabia que o assassino estava se aproximando, como se estivesse se preparando para a sua captura.

— Vamos para a delegacia — Ela disse com firmeza. — Já está na hora de mostrar para eles que estamos no caminho certo.

Gael a seguiu, e juntos, eles saíram da casa de Laura. O caso estava prestes a dar um grande passo, e, com a pressão dos chefes sobre seus ombros, eles sabiam que não poderiam falhar.

Ao chegarem à delegacia, Laura começou a mapear a próxima etapa, ainda com a foto na mão. A sombra na imagem, a cadeira virada, as pistas que eles tinham, tudo começava a fazer sentido. Eles não estavam mais no escuro. Era hora de agir.

— Gael, precisamos de mais informações sobre esse lugar. Talvez algo tenha passado despercebido, algo que conecte as vítimas. E precisamos ter certeza de que essa pista é legítima. Não podemos arriscar.

Gael concordou, e os dois começaram a planejar os próximos passos. As peças do quebra-cabeça estavam finalmente se encaixando. Mas o assassino estava esperando por eles, e Laura sabia que o próximo movimento poderia ser fatal.

A Tensão Crescendo:

A pressão para avançar recaía sobre a equipe. Os chefes não só estavam cobrando mais ação, mas também estavam certos em sua cobrança: o caso estava em um ponto crucial. O assassino já havia deixado pistas demais, mas Laura e Gael estavam prestes a dar o próximo passo que poderia ser a peça-chave para resolução do caso, entretanto, um pequeno erro poderia colocar toda a investigação em risco. O medo de errar, de estar perto demais e ainda não conseguir pegá-lo, era um peso esmagador.

Laura e Gael estavam alinhados em sua missão, mas a ameaça invisível que se aproximava também trazia uma tensão crescente entre eles, como se o assassino estivesse ciente de seus movimentos e pronto para reagir.

82

Capítulo **20**

O Rosto do Monstro

A sala estava silenciosa, exceto pelo som das teclas sendo pressionadas no computador. Laura e Gael estavam concentrados, analisando cada detalhe das evidências, as fotos, os relatórios, e a pista crucial que havia sido descoberta.

A imagem da cadeira virada, a sombra que apareceu em uma das cenas anteriores, e as mensagens deixadas pelo assassino estavam todas conectadas de uma maneira que não podiam mais ignorar. O ponto final estava diante deles, mas havia uma última peça que precisava se encaixar.

Suspirosamente, Laura disse:

— Eu não entendo, olhando fixamente para a foto da cena do crime. A sombra, a posição da cadeira... é tudo tão meticuloso. Como ele sabia exatamente como deixar essas pistas?

Gael se aproximou dela, observando o computador. Eles haviam revisado tudo, mas faltava algo crucial. A chave que faltava para entender quem era o assassino.

— E se ele estivesse nos observando o tempo todo? — Gael sugeriu, a voz baixa, quase uma ideia desconfortável. — Talvez ele estivesse sempre à nossa frente, e a gente não percebeu.

Laura fez uma pausa, processando suas palavras. Eles tinham considerado tantos suspeitos, tantas possíveis pistas falsas, mas uma coisa nunca fazia sentido: O comportamento do assassino não se encaixava no perfil de um criminoso comum.

Ela digitou rapidamente no computador, puxando os registros de todos os locais em que haviam encontrado as vítimas. Olhou atentamente para os nomes e os locais de trabalho. Um em particular chamou sua atenção, mas não foi até que ela revisasse novamente as fotos de Marina e as vítimas anteriores que a conexão se formou.

— Não pode ser... — Ela sussurrou, seu coração acelerando.

Gael se aproximou ainda mais, observando a tela enquanto o pânico começava a tomar conta dela.

— Quem? — Perguntou, a tensão evidente em sua voz.

— Ele... Como não percebemos antes? Tudo se encaixa! O retrato falado, as cenas do crime meticulosamente calculados... E ele estava lá o tempo todo, nos desviando a atenção.

— Laura começou a dizer, a voz trêmula. — É o nosso próprio informante. O médico legista, que também é psicólogo, o Dr. Mark ...

O nome de Henrique Mark era a última peça que faltava. Tudo fazia sentido agora. O comportamento obsessivo, a maneira como ele se aproximava das vítimas, e até mesmo a forma como ele tinha acesso a informações confidenciais. Mark sempre esteve presente de uma maneira discreta, oferecendo ajuda enquanto secretamente alimentava seu vício pelo controle e pela dor.

Laura lembrou-se de quando ele sugeriu uma teoria sobre os crimes, como se quisesse se incluir de maneira intelectual, sem jamais parecer um suspeito. Ela se lembrou da vez que ele parecia excessivamente interessado nas fotografias das cenas de crime, talvez mais do que alguém em sua posição deveria.

— Mas ele tem acesso a tudo — Gael disse, incrédulo. — Como ele poderia...

— Ele é um mestre em manipular a mente humana — Laura interrompeu, com raiva e desespero em seus olhos. — Ele sabia como se infiltrar, como jogar com nossos sentimentos, e agora... agora ele está nos observando, rindo da nossa cara enquanto nos aproxima de sua própria teia.

O pânico começou a se transformar em ação. Eles tinham que agir rápido. Mark não era apenas um psicólogo – ele era o monstro que haviam perseguido o tempo todo. Ele tinha manipulado a investigação, jogado o jogo, e agora o cerco estava fechado. Eles tinham o nome, tinham o rosto, e agora era a hora de pegar o assassino.

Capítulo 21

A Captura

Ao chegarem no escritório de Mark, a quietude parecia excessiva, como se ele soubesse que a sua fachada estava prestes a ruir. Laura e Gael entraram sem hesitação, a tensão nos ombros de ambos. Mark estava lá, sentado calmamente, olhando para o computador, como se nada estivesse acontecendo.

— Você sabia que a qualquer momento isso iria acabar, não é? — Laura disse, com a voz grave, a mão descansando na arma. Mark se levantou lentamente, o sorriso no rosto como se estivesse esperando por aquele momento.

Mark disse: — Eu sabia que, em algum momento, vocês chegariam até mim... demorou mais do que eu esperava, mas enfim, conseguiram, a calma em sua voz era algo completamente perturbador.

— O jogo acabou.

— Gael declarou, enquanto os policiais começaram a invadir a sala.

Mark, o colecionador de fios, o monstro por trás das sombras, foi finalmente desmascarado.

Enquanto eles o levaram sob custódia, Laura olhou para Gael, sentindo um peso ser retirado de seus ombros. Mas, no fundo, sabia que, por mais que a justiça fosse feita, o trauma e

os fantasmas que o caso deixaria nunca a deixariam em paz.
O silêncio do assassino ainda ecoava em sua mente.

Capítulo 22

Primeira Descoberta — O Passado de Mark (Vincent Ferreira)

Após dias investigando os rastros deixados por Dr. Mark, que na verdade é Vincent Ferreira, Laura e Gael finalmente conseguem acesso a registros importantes sobre o passado do suspeito. Eles descobrem que Vincent, desde pequeno, demonstrava sinais de crueldade, como matar animais e se isolar socialmente. Ele cresceu em um ambiente onde suas necessidades emocionais não eram atendidas, o que contribuiu para o desenvolvimento de comportamentos perturbadores.

Comportamento Criminal: ele começou a matar suas vítimas de forma meticulosa e a cortar seus cabelos, guardando-os como troféus. O cabelo das vítimas que ele colecionava representava um símbolo de controle e posse, algo que ele nunca teve sobre sua própria vida. Para ele, essas ações eram uma forma de afirmar seu poder sobre as vítimas e manter algo delas após a morte, como uma maneira de preencher o vazio emocional deixado pela negligência dos pais.

Durante sua adolescência, ele foi internado em instituições psiquiátricas várias vezes devido a distúrbios comportamentais, mas sempre foi liberado sem um acompanhamento adequado.

Laura folheia os documentos, enquanto Gael examina os detalhes da infância de Vincent, cada página que se revela mais perturbadora que a anterior. Ela olha para ele e diz:

— Ele não é apenas um criminoso. Ele é um produto do abandono, do abuso — Laura disse indignada, enquanto passava a mão pelos cabelos, ainda processando a intensidade do que estava aprendendo sobre Vincent.

Gael olhou para ela, sabendo que a revelação sobre o passado do assassino estava afetando-a profundamente. A história de Vincent, sobre como ele foi negligenciado pela mãe e abusado pelo pai, parecia ter sido a chave para entender seu comportamento. O desprezo pelas mulheres, o desejo de controlar e punir, e até mesmo a obsessão pelo cabelo, tudo fazia sentido agora.

Laura disse:

— Gael, você percebe? O padrão é claro. Ele não foi apenas uma vítima... Ele se tornou isso porque não teve ninguém para protegê-lo. Não teve amor, não teve cuidado. O pai, um monstro. E a mãe... completamente ausente. O ódio que ele sente por elas, isso é o que o moldou. Mas é também o que o transformou no assassino que é hoje.

Gael balança a cabeça, compreendendo a gravidade da descoberta, mas também reconhecendo que isso apenas torna o caso mais complexo e aterrador. Eles sabem que precisam chegar mais perto da raiz desse ódio, e começam a traçar conexões entre o passado de Vincent e seus crimes atuais.

Laura continuava a falar:

— O cabelo... Ele tirava o cabelo das vítimas, Gael. Não é apenas uma obsessão com controle, é um troféu. Uma forma de afirmar seu poder sobre elas, como se fosse ele quem decide se quem tem direito à beleza, à vida.

Gael concordou, observando Laura enquanto ela refletia.

— Ele não apenas matou, ele queria eliminar qualquer traço de feminilidade que existisse nessas mulheres. Cada um desses cortes era uma marca de sua posse.

— Mas por que essas mulheres, Gael? — Laura perguntou, com uma sensação de angústia crescente. — Por que a escolha delas?

Gael ficou em silêncio por um momento, até que finalmente falou:

— Ele via essas mulheres como figuras maternas. Elas lembravam a mãe dele, e o que ele queria fazer era puni-las pela mesma negligência que sofreu. Ele cortava o cabelo delas, porque de algum modo isso estava relacionado àquilo que ele não pôde destruir em sua mãe: o poder sobre a vida e a morte das mulheres.

Laura se levantou, decidida. Ela sabia que estavam muito perto de encurralar Vincent. Mas agora, com esse novo entendimento, ela sabia que ele era muito mais do que um simples criminoso. Ele era um produto de uma infância perdida, um homem determinado a destruir tudo o que um dia o fez se sentir fraco.

Capítulo 23

O Preço da Confiança

A descoberta de uma namorada deixou os detetives perplexos, o nome dela era Luiza Santos, Assistente administrativa em uma empresa de marketing, uma pessoa bondosa e otimista, mas um tanto ingênua e emocionalmente vulnerável. Ela tem um senso de confiança muito forte nas pessoas e é relutante em ver o mal nas pessoas, o que a torna uma pessoa fácil de enganar. Ela acredita nas boas intenções dos outros e é muito leal, o que a leva a idealizar Vincent, acreditando nele mesmo quando alguns sinais não se alinham.

Relacionamento com Vincent:

Luiza conheceu Vincent por acaso há uns dois anos, em uma festa de um amigo em comum. Ele parecia ser o homem perfeito: charmoso, educado, e muito atencioso. Vincent se mostrou interessado nela de uma maneira carinhosa e respeitosa, algo que conquistou Luiza rapidamente. Ela gostou do jeito seguro e intelectual de Vincent, e ele a tratou com uma atenção que ela nunca tinha experimentado antes. Em pouco tempo, começaram a namorar e a relação parecia ser a mais tranquila possível para Luiza. De alguns meses para cá, o comportamento de Vincent começou a mudar de forma mais perceptível quando ele parecia se irritar com perguntas mais pessoais. Em uma noite, ele perdeu a calma quando Luiza tocou em um assunto sobre um de seus ex-companheiros de trabalho. Ela, muito insegura e preocupada, procurou maneiras de não discutir mais esses assuntos delicados.

Ela também se incomodou quando começou a perceber que ele possuía uma frieza e distância que ela não conseguia compreender. Em algumas situações, Vincent parecia indiferente às emoções dela, e isso a deixava desconfortável, mas Luiza não queria criar um "drama" em sua relação, então se convenceu de que talvez fosse uma fase dele.

Capítulo **24**

Análise Psicológica — O Simbolismo do Cabelo

Em seguida, para entender ainda mais sobre o comportamento de Vincent, Laura e Gael decidem procurar a ajuda de um psicólogo criminal especializado. Eles marcam uma consulta com Dr. Augusto Lima, um renomado especialista em criminologia, que já lidou com casos de seriais killers e suas motivações. Durante a conversa, o Dr. Lima analisa o perfil de Vincent e explica o simbolismo por trás do corte de cabelo das vítimas.

Dr. Lima fala com clareza, observando os detalhes da investigação.

— Cortar o cabelo das vítimas é um ato altamente simbólico. Pode ser um tipo de possessão. No caso de Vincent Ferreira, ele provavelmente vê as mulheres como figuras maternas.

Laura e Gael ouvem atentamente enquanto o psicólogo continua.

— A relação dele com a mãe foi naturalmente abusiva, não de uma forma física, mas emocional. Ele precisava de cuidado, de proteção, mas ela não se importava. Essa ausência materna provavelmente causou uma enorme frustração e o fez procurar maneiras de lidar com essa raiva. As mulheres que ele mata representam o que ele nunca teve:

o carinho de uma mãe. O cabelo, então, é uma forma de controle, um troféu que ele "rouba" delas.

Laura sente um calafrio ao ouvir essa análise. Agora, o comportamento do assassino começa a fazer mais sentido, mas, ao mesmo tempo, fica ainda mais perturbador.

— Então ele faz isso porque vê as mulheres como... substitutas de sua mãe? — Pergunta Laura, com sua voz trêmula.

Dr. Lima acena com a cabeça.

— Exatamente. Ele não está apenas matando por prazer. Ele está tentando preencher um vazio que foi criado por uma infância traumática. E o corte do cabelo é a forma que ele encontrou para expressar esse controle e essa raiva reprimida.

Gael, com uma expressão sombria, sussurra:

— Então o cabelo é a chave. Ele não está apenas matando. Ele está reeditando sua própria infância, de uma maneira monstruosa.

A revelação deixa os dois ainda mais focados, e também, mais apreensivos. Agora que entendem o simbolismo, eles sabem que precisam agir rápido antes que Vincent Ferreira, o assassino, complete sua obsessiva busca por controle.

Capítulo **25**

A Vitória de Quem Perdeu

O interrogatório com Vincent Ferreira, conhecido como Dr. Mark, já estava há horas em andamento, mas ainda assim não havia cedido completamente. A tensão no ambiente era palpável, e Laura, com seus olhos cansados, observava atentamente o homem à sua frente, que até então, parecia um enigma impenetrável. Ela sabia que algo mais profundo estava por trás dos assassinatos. Algo que o impulsionava a matar e, pior, a mutilar suas vítimas.

Gael, ao lado de Laura, não dizia uma palavra, mas estava atento aos movimentos de Vincent. A forma como ele olhava para eles, desafiando, como se soubesse que a sua verdade, tão sombria quanto seu passado, logo seria exposta.

— Por que você corta o cabelo das vítimas, Vincent? — Laura perguntou, sua voz firme, mas com um tom de exaustão. Era a questão que ela precisava entender.

Vincent a observou com um sorriso sutil, um sorriso que mais parecia uma sombra de desprezo. Ele parecia se divertir com a provocação, mas havia algo a mais. Ele sabia que estava sendo testado. A resposta dele, porém, não foi imediata. Ele ficou em silêncio por um longo tempo, como se pesasse suas palavras.

— Você sabe, Laura... — Ele começou, a voz carregada de uma calma que perturbava. — Eu cresci com a certeza de que as mulheres não sabem como cuidar de um homem. Minha mãe... ela não me olhava. Ela me negligenciava, me ignorava... enquanto meu pai me espancava. Eu era apenas um objeto para eles, uma coisa que ninguém queria cuidar.

Laura e Gael trocaram um olhar rápido, mas nenhum dos dois interrompeu. Eles já estavam tão perto de entender o que havia por trás.

— Eu não queria ser esse monstro, Laura — Vincent continuou. — Mas quando eu tinha apenas 13 anos, decidi que não iria mais ser a vítima. Decidi que a única forma de me livrar daquela dor era destruir aqueles que, ao invés de me protegerem, me fizeram sofrer.

O silêncio na sala se fez denso. A revelação era ainda mais aterradora por ser contada de forma tão fria. Mas o mais assustador estava por vir.

Vincent: Então, eu os matei.

— E depois... — Vincent continuou olhando fixamente para ela. — Eu percebi que cortar o cabelo finaliza a minha satisfação de dever cumprido, mas gosto de eternizar, portanto os guardo a sete chaves.   O   comportamento das vítimas, o modo como eram encontradas, tudo estava interligado. Ele não só matava, mas deixava suas vítimas como objetos.

— Você sabia que o destino delas seria o mesmo? — Gael perguntou, com um tom de voz grave.

Vincent deu uma leve risada, como se a pergunta fosse irrelevante.

— Claro que sabia. Elas eram como minha mãe, como todas as mulheres que me desprezaram e me abandonaram. Mas, no fundo, eu ainda queria que elas soubessem que eu sou a autoridade, eu decido como elas iriam ficar após as suas mortes, eu ainda as deixava fazerem um pedido antes que eu as matasse. Eu era o único capaz de decidir o que aconteceria a partir do momento em que elas cruzassem o meu caminho, mas uma coisa digo a vocês, eu nunca as peguei a força, sempre vieram por livre e espontânea vontade.

 Nossa Vicent!!!!! Você está de parabéns, falou Gael batendo palmas.

Laura: E como você aborda essas mulheres?

Eu? Rs, você não imagina como era fácil, uso do meu charme, investigadora Laura, eu era gentil, esbarrava nelas por acidente, ou aparecia com algo nas mãos perguntando se elas haviam deixado cair...

Vincent: Ah mulheres, sempre vulneráveis, a procura de um homem perfeito, e eu era isso para elas. Você, investigadora, também cairia na minha lábia, tenho certeza disso, finalizou a frase rindo.

Gael virou -se tentando se segurar para não perder a cabeça.

Laura sentiu uma onda de raiva e revolta, mas manteve sua postura. Sabia que agora o caso estava praticamente resolvido. O homem à sua frente, finalmente, havia se entregado. Ele tinha se tornado uma figura tão distante da pessoa que, em algum momento, foi apenas uma criança perdida.

— Você é um monstro, Vincent. — Laura disse, com a voz mais firme do que nunca.

Ele apenas a olhou friamente e deu um sorriso enigmático.

— Sim, mas não fui eu que criei esse monstro. Foi a vida que me fez assim. — E, com um olhar de raiva, ele finalizou: —

Como você mesmo disse, Laura, nem sempre as coisas são o que parecem.

De repente Laura com frieza e um tom calculado falou de algo que sabia exatamente como atingi-lo:

— Você fala tanto sobre domínio, né Vincent, mas me parece que você já perdeu, deixou muitos rastros... principalmente com Marina.

O sorriso que ele exibia até agora vacilou, ainda que por um segundo. Seus olhos estreitaram.

— Marina não significa nada. Foi apenas alguém que eu deixei sobreviver.

— Ah não, você só pode estar de brincadeira!!! Tá querendo dizer que você sabia que ela estava viva? — Laura se inclinou para a frente, a voz cheia de provocação. — Foi mais do que isso. Ela sobreviveu, Vincent. Você deixou escapar. A mulher que deveria ser mais um dos seus troféus saiu viva, e, pior, ela contou tudo. Você não tinha nenhum domínio sobre ela.

Vincent cerrou os punhos sobre a mesa. Seu semblante se transformou, o sorriso cínico desaparecendo enquanto seus olhos brilhavam com uma raiva contida.

— Ela não deveria ter sobrevivido. Foi uma situação excepcional.

Laura não recuou. Sabia que estava no caminho certo.

— Parece que você não é tão infalível quanto gosta de acreditar. Você tentou apagar Marina, mas, no fim, ela é a prova de que você pode falhar. E falhou, Vincent.

Ele respirou fundo, tentando recuperar a compostura, mas a tensão em seu rosto não deixava dúvidas de que Laura havia encontrado sua fraqueza, a posse que ele tanto prezava, sua ilusão de superioridade, havia sido quebrada.

— Marina não se importa. — Ele finalmente sussurrou, com os dentes cerrados, mas Laura sabia que, naquele momento, ela tinha vencido aquele pequeno jogo de poder.

Vincent inclinou-se para frente, seus olhos brilhando com uma malícia sombria enquanto encarava Laura.

— Sabe, detetive... por muito pouco, você seria a próxima. Eu já estava tão perto... — Ele sorriu, um sorriso frio e calculado. — Você teria sido o troféu mais precioso de todos.

A tensão na sala tornou-se palpável. Laura manteve-se calma, mas Gael, que estava de pé ao lado dela, não conseguiu conter a explosão de raiva. Ele avançou sobre Vincent, cerrando o punho e desferindo um soco direto no rosto dele.

— SEU DESGRAÇADO! — Gritou Gael, enquanto Vincent se inclinava para trás, sentindo o impacto.

— Gael, saia! Agora! — ordenou Laura, levantando-se rapidamente para intervir antes que a situação fugisse do seu alcance.

Dois oficiais entraram na sala, puxando Gael para fora, enquanto ele ainda tentava se desvencilhar.

— Ele merece muito mais do que isso! — Gael gritou, com os olhos ardendo de ódio, antes de ser levado para fora.

A sala ficou em silêncio novamente, com apenas Laura e Vincent sentados frente a frente. Vincent passou a língua pelo canto do lábio, onde um pequeno corte começava a sangrar. Ele riu, um som baixo e perverso, como se tivesse gostado de provocar aquela reação.

Laura respirou fundo, recobrando a compostura. Ela cruzou os braços e inclinou-se na direção dele, olhando diretamente em seus olhos.

— Acabou pra você, Vincent. Não importa o que você diga ou faça, não vejo a hora de ver você no corredor da morte.

Ele sorriu mais uma vez, inclinando a cabeça para o lado como se fosse uma piada.

— O corredor da morte? — Sua voz era um sussurro carregado de ironia. — Não acha que isso me importa, detetive? Eu já venci. Minhas obras de arte vão viver para sempre.

Laura apertou os punhos, mas se recusou a cair em mais provocações. Ela deu um passo para trás, controlada, e apontou para os guardas.

— Levem ele de volta para a cela.

Enquanto era levado, Vincent deu uma última olhada para Laura, rindo baixo. Ela permaneceu parada, observando-o desaparecer pelo corredor. Por mais que ele tentasse demonstrar indiferença, Laura sabia que o poder estava escapando das mãos dele – e ela faria questão de destruí-lo completamente.

Capítulo 26

O Julgamento de Vincent Ferreira

As luzes frias do tribunal iluminavam o rosto impassível de Vincent Ferreira. Ele estava algemado, vestindo um macacão laranja, e mantinha uma postura relaxada, quase arrogante, enquanto aguardava o início do julgamento.

O tribunal estava lotado, com as famílias das vítimas, jornalistas e curiosos atentos a cada movimento.

Mas o que chamou a atenção de Laura e Gael foi o grupo de mulheres sentadas próximas à primeira fileira, que trocavam olhares com Vincent. Algumas cochichavam entre si, sorriam encantadas com o assassino.

Vincent, ciente de sua aparência e do impacto que causava, não hesitou em retribuir os olhares. Em determinado momento, ele inclinou a cabeça ligeiramente e sorriu para uma delas, como se estivesse em um jogo de sedução.

Gael, sentado ao lado de Laura, balançou a cabeça, visivelmente irritado.

— É inacreditável. O cara é um monstro, e ainda tem mulheres dando bola pra ele como se ele fosse uma figura desejável. Isso é nojento!!!

Laura, que observava Vincent com atenção, viu quando ele, de repente, virou o olhar diretamente para ela. Por um momento, seus olhos se encontraram, e o sorriso de Vincent se alargou. Ele piscou, em um gesto provocador e carregado de deboche.

Gael percebeu o momento e apertou os punhos.

— Não caia na dele, Laura. Esse idiota está querendo te desestabilizar.

Laura manteve a expressão séria, mas por dentro sentia uma mistura de raiva.

— Ele não vai conseguir — Respondeu com firmeza, desviando o olhar de Vincent e focando no promotor que começava a falar.

Quando o julgamento começou, os promotores apresentaram as provas com precisão. Fotos das cenas dos crimes, relatos das famílias das vítimas e, principalmente, o depoimento de Marina, agora mais forte e decidida, compunham o arsenal contra Vincent.

Marina foi chamada ao banco das testemunhas. O silêncio no tribunal era quase insuportável enquanto ela entrava, caminhando com firmeza. Ela descreveu os horrores que viveu no cativeiro, sem poupar detalhes. Sua voz tremeu em alguns momentos, mas ela não parou. Olhou diretamente para Vincent enquanto falava, encarando-o como se quisesse arrancar sua máscara de frieza.

Vincent, por sua vez, mantinha um sorriso leve, quase imperceptível tentando intimidar Marina, mas ela não se deixou abalar.

Marina disse olhando em seus olhos.

— Você achou que tinha me quebrado, não é? — Disse ela, encarando-o. A sala ficou em silêncio absoluto. — Achou que eu ia ser mais uma das suas vítimas apagadas. Mas você falhou, Vincent. Eu sobrevivi. E agora, todo mundo sabe quem você é.

Vincent, que até então mantinha a postura despreocupada, franziu a testa. Seu maxilar ficou tenso, e ele inclinou levemente o corpo para frente, como se quisesse responder, mas foi contido por seu advogado que estava ao seu lado.

Marina continuou, sem desviar o olhar.

— Sabe o que é mais irônico? Você se acha um deus, mas no fim, foi o seu erro que me deu a chance de estar aqui hoje. Você não é invencível. Você é só um covarde, um homem fraco, que precisa destruir mulheres para se sentir forte.

Mesmo não querendo, a juíza pediu para o promotor que contestasse sua testemunha, Marina se calou pois falou tudo que precisava.

Quando o advogado de defesa tentou argumentar que ele era fruto de um ambiente abusivo e que sua infância o havia moldado, Laura bufou baixinho. Para ela, não havia justificativa para a monstruosidade que ele demonstrara.

"O promotor, em sua fala final, destacou:

— Vincent Ferreira não é apenas um homem com traumas, como tenta se fazer passar. Ele é um predador, um manipulador ardiloso que, com total consciência de suas ações, escolheu destruir vidas. Suas vítimas não foram apenas números em uma estatística, mas seres humanos que sofreram nas mãos de alguém que se alimenta do sofrimento alheio. Ele não agiu por impulso ou erro, mas com um propósito claro de enganar e destruir. Não há lugar para ele na sociedade, e sua presença é uma ameaça à segurança e à moralidade de todos. Não podemos permitir que homens como Vincent Ferreira caminhem livremente entre nós."

Laura e Gael trocaram um olhar. Apesar da força das provas, ambos sabiam que o sistema nem sempre funcionava como deveria.

Quando o júri retornou com o veredicto, o suspense no tribunal era quase palpável. O juiz leu as palavras que todos estavam ansiosos:

— O réu, Vincent Ferreira, é considerado culpado de todas as acusações.

Um murmúrio atravessou o tribunal, mas Vincent permaneceu impassível, como se o resultado fosse irrelevante para ele.

Enquanto ele era escoltado para fora, Laura se levantou e, com um tom de alívio, murmurou olhando para Vincent:

— Finalmente acabou!!!

Capítulo 27

O Fim de Vincent?

Era uma noite silenciosa na delegacia, mas o peso do julgamento ainda pairava sobre todos. A condenação de Vincent Ferreira havia sido celebrada por todos e principalmente em manchetes como um marco no caso. Finalmente, com a perpétua ele pagaria por seus crimes, mas algo incomodava Laura. O olhar que ele lhe lançou no tribunal e a piscadela arrogante a deixara inquieta. Era como se ele quisesse comunicar algo, como se tudo ainda não estivesse acabado.

Laura estava pronta para ir para casa, quando seu telefone tocou. Era um dos guardas da **"Penitenciária de Austerfeld"** onde Vincent havia sido levado.

— Detetive Laura? Temos uma situação. Vincent Ferreira... Ele... Ele foi encontrado morto em sua cela.

O coração de Laura disparou. Por um momento, ela congelou, encarando o nada. Aquelas palavras ecoaram em sua mente, avistou Gael e pediu que ele fosse junto com ela na prisão.

Laura e Gael chegam à prisão para revisar a cena. Laura ainda estava visivelmente irritada, sua postura mais rígida do que o normal. Quando o oficial de segurança os recebeu, a primeira pergunta dela foi carregada de indignação:

— Como vocês deixaram isso acontecer? Aqui é uma das prisões de segurança máxima mais renomadas do país. Vocês não perceberam sinais de que ele planejava algo?

O oficial parecia desconcertado.

— Ele estava tranquilo, detetive. Não houve qualquer comportamento que levantasse suspeitas. Temos as imagens das câmeras, mas ele não fez nada fora do comum...

Quando entraram na cela de Vincent, Laura sentiu o ar pesar ainda mais. Os lençóis estavam amarrados às barras superiores da janela, com um nó que mostrava precisão e cálculo. Tudo no ato parecia meticulosamente planejado, como se Vincent tivesse ensaiado cada detalhe.

— Ele fez isso de propósito. Isso não foi desespero, foi mais um jogo dele. Ele sabia exatamente o que estava fazendo — disse Laura, sua voz carregada de desprezo.

Gael se aproximou dela, tentando aliviar a tensão.

— Ele sabia que você ficaria furiosa com isso, Laura. Era isso que ele queria: um último ato de poder. Não deixe que ele vença mesmo depois de morto.

De acordo com as imagens da câmera da cela mostrou que, pouco antes de finalizar o ato, Vincent olhou diretamente para a câmera, mantendo um sorriso frio. Foi como se quisesse garantir que sua última mensagem fosse vista.

Laura apertou os lábios, mas a raiva era evidente.

— Ele sempre quis estar no controle. Sempre. E, mesmo agora, conseguiu se sentir no comando. Maldito psicopata...

Capítulo 28

O Colecionador de Fios: Serial killer Sem Limites

Sobre a mesa de metal na cela, havia um bilhete dobrado cuidadosamente. Laura pegou o papel com as luvas e leu em voz alta:

"Mesmo no fim, eu decido o jogo. Mas lembrem-se, nem todo fio foi cortado."

— Ele está nos dizendo que isso ainda não acabou — disse Laura, encarando o bilhete com fúria.

Gael, que estava ao lado dela, cruzou os braços.

— É uma provocação. Ele sabia que deixaria você com dúvidas. É como se ele estivesse rindo de nós... de você.

Laura respirou fundo, tentando conter a raiva. Ela sabia que Gael estava certo, mas a mensagem de Vincent era como uma faca em sua mente. Ele havia planejado o próprio fim como sua última jogada, uma forma de perpetuar seu controle.

Enquanto Laura e Gael deixavam a prisão, ela olhou para Gael, ainda com o semblante carregado.

— Ele se matou, mas ainda assim parece que ele ganhou.

Gael a segurou pelo braço, firme, mas com suavidade.

— Não, Laura. Ele pode ter feito sua última jogada, mas isso não muda o que você fez. Você o tirou das ruas. Ele não vai machucar mais ninguém.

Laura assentiu, mas em seu coração sabia que a mensagem de Vincent era mais do que uma provocação. Era um aviso de que algo ainda estava pendente. E isso a deixava em alerta, mesmo depois de sua morte.

Capítulo **29**

Final: Ecos de um Monstro

A notícia do suicídio de Vincent Ferreira se espalhou rapidamente, atingindo todos os envolvidos no caso como um terremoto emocional. Para as famílias das vítimas, o impacto foi avassalador. Alguns sentiram alívio, acreditando que o fim trágico do assassino poderia, de alguma forma, trazer um encerramento. Outros, porém, sentiam que a justiça não havia sido verdadeiramente feita — Ele havia escapado do que realmente merecia.

Marina e a Luta pelo Encerramento.

Marina, ainda em terapia e tentando reconstruir sua vida, foi confrontada pela notícia enquanto assistia ao noticiário. O rosto dela endureceu, mas seus olhos brilhavam com lágrimas contidas.

— Ele se foi... — Disse ela para sua terapeuta, que estava ao seu lado na sessão. — Mas não consigo sentir alívio. Ele roubou algo de mim, algo que nunca vou recuperar. E agora, ele nem sequer vai encarar o que fez.

— Marina, você sobreviveu. Ele não controla você mais, não importa o que tenha feito. Isso é o que importa agora — Respondeu a terapeuta, com a voz calma.

Marina respirou fundo, mas a sensação de algo inacabado ainda pairava no ar. Ela sabia que a raiva que sentia por Vincent nunca desapareceria. Ele havia destruído sua vida, e agora ele morreria sem pagar por isso. Isso não parecia justo.

O Memorial das Vítimas.

Semanas depois, foi realizado um memorial para as vítimas de Vincent Ferreira. Flores foram deixadas no local, cada uma representando uma vida que ele tirou. Marina tirou forças para ajudar as famílias das vítimas do colecionador de fios.

Mas no fundo, o eco da dor persistia. A justiça não havia sido feita. Não para Marina, nem para as famílias, nem para todas as vítimas que haviam sido deixadas para trás.

Cena Final: Laura e a Reflexão.

Em sua casa, Laura sentou-se na varanda, olhando para o céu noturno. Ao seu lado, Gael estava em silêncio, respeitando o momento dela.

— Ele se foi, mas ainda parece que algo está inacabado — Disse Laura, finalmente quebrando o silêncio.

— Ele deixou marcas profundas, Laura. Em você, em mim, em todos. Mas o que importa agora é o que fazemos daqui pra frente — Respondeu Gael.

Laura concordou, mas não pôde evitar uma última reflexão sobre a mensagem de Vincent antes de sua morte. "Nem todo fio foi cortado." Aquilo ecoava em sua mente, como uma sombra que se recusava a desaparecer.

Ela sabia que, para muitos, o suicídio de Vincent seria o fim de um capítulo terrível. Mas para ela, para Gael, e para aqueles que sobreviveram a ele, o impacto do monstro continuaria a reverberar por muito tempo.

E, enquanto o silêncio da noite a envolvia, Laura fez um juramento silencioso: nunca mais permitiria que alguém como Vincent Ferreira tivesse controle novamente.

Fios de Sangue: O Assassino

Sobre o Autor

Fernanda Guedes é professora Pós-Graduada e autora apaixonada por histórias que exploram os limites sombrios da mente humana.

Inspirada por sua curiosidade sobre Psicologia Criminal, criou "Fios de Sangue", um thriller que convida o leitor a mergulhar nos segredos mais obscuros da natureza humana.

Fios de Sangue: O Assassino

www.ingramcontent.com/pod-product-compliance
Lightning Source LLC
LaVergne TN
LVHW010232200726
843506LV00014B/2961